좋은 어른이 되고 싶어

안소정 지음

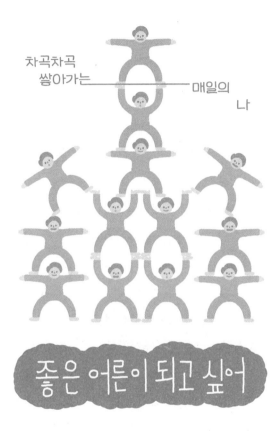

차곡차곡
쌓아가는 ———— 매일의
나

좋은 어른이 되고 싶어

앨리스

오늘의 나를 들여다보기

세상에서 가장 얄미운 소리가 있다면, 아마 단잠을 방해하는 알람이 아닐까? 눈꺼풀을 떼기가 어찌나 어려운지, 상쾌해야 할 아침을 늘 찡그린 얼굴로 맞이하곤 한다. 그런 다음에는 황급히 사람 꼴을 갖추고, 여남은 잠을 커피로 깨운 후 허둥지둥 회사로 향한다. 아홉시부터 여섯시까지 컴퓨터 앞에서 어깨를 굽히고 앉아 있다가 정확히 여섯시 정각이 되면 도망치듯 집으로 향한다. 해방의 기쁨을 만끽하며 저녁을 먹고 시계를 쳐다보면 어라, 왜 벌써 시간이 이렇게 됐을까. 그렇게 중얼거리며 약간의 집안일을 한 뒤 하루를 마감한다. 그리고 다시 다음날이면 어제와 비슷한 하루의 반복. 월요일부터 금요일까지 지극히 평범한 회사원으로 사는 나의 루틴이다.

그렇게 매일이 흘러간다. 기적도 비극도 없다. 틀에 찍은 듯 똑같아서, 며칠만 지나도 그날이 어땠는지 기억하기가 쉽지 않을 정도다. 사소한 일들로 일희일비해도 시간의 힘이 더 센지 순간의 기쁨과 슬픔도 쉬이 빛바랜다. 그러나 세월이 지나 돌아보면 어느새 훌쩍 달라져 있는 자신을 발견할 때가 있다. 앞으로 나아가거나 뒤로 물러나거나 혹은 전혀 엉뚱한 방향에 서 있기도 하다. 어째서 그럴까. 별다른 일 없이 주어진 하루를 사는 일이 어떻게 우리를 바꾸게 되는 걸까.

'그린 핑거green finger'라는 말이 있다. 식물을 푸르고 건강하게 키워내는 금손을 뜻한다. 어느 날 우연히 식물 기르기의 고수를 만난 적이 있는데, 그에게 비법을 청하니 툭 한마디를 뱉었다. '매일 살펴보되, 매일 무언가를 하려고 하지는 말라'고. 그 말인즉 식물에 관심을 계속 두면서도 필요한 순간에만 돌봄을 행하라는 뜻이다. 단순하고 명쾌하지만 실천하기는 어려운 말이라고 생각했다.

그런데 식물을 길러보니 신기하게도 정말 그랬다. 매일 들여다보니 식물과 교감할 수 있게 되었고, SOS 신호를 금세 읽어내고 움직일 수 있었다. 핵심은 작은 변화도 놓치지 않고 알아차리는 데 있었다. 매일 똑같아 보여도 실은 자라고 있다는 걸 잊지 않는 것. 그것만으로 식물을 가꿔낼 수 있다는 게 놀라웠다. 그리고 문득 엉뚱한 생각이 들었다. 매일 똑같다 못해 지루한 나날들이지만, 어쩌면 나도 모르는 사이에 내가 미세하게 자라고 있는 것 아닐까. 그렇게 어른이 되어가는 거라면 오늘의 나를 찬찬히 관찰해보면 어떨까.

회사원과 부캐러와 생활인. 일과 취미, 독립과 중심 잡기. 내게 중요한 키워드들을 확대경 삼아 살펴보며 글을 썼다. 처음에는 '온천 명인' 같은 취미에 대해서만 다루려고 했는데 어느새 사는 일 전반을 두루두루 쓰게 됐다. 내가 누구이고 어떻게 살고 있는지 솔직하게 들여다보고, 지금의 마음과 생각을 있는 그대로 담고 싶었다. 출퇴근의 관성에 찌들어 있지만 그럼에도 좋아하는 것들을 살뜰히 아끼고, 맛있는 걸 야무지게 해먹고, 뉴스를 보며 분기탱천하다가도 세상을 냉소하는 대신 멋진 사람들을 바라보며 나은 내일을 다짐하는 태도 같은 것들을. 그러면서도 매번 같은 실수를 반복하는 얼치기 같은 스스로를 보며 '그게 나겠거니' 하곤 허허 웃는 것까지 말이다.

어차피 멋지고 훌륭한 사람들의 이야기는 이미 많으니까, 별거 아닌 내 얘기가 더 와닿을 수 있다면 좋겠다. 스스로가 작고 초라하게 느껴질 때, 굽어진 어깨를 툭 치며 '나도 그래'

라고 시원스레 웃어 보이는 친구처럼 말이다. 고단한 시절을 헤쳐나갈 수 있게 해준 작은 비결과 거친 세상에 맞서 어떻게든 즐거움을 사금처럼 채취해가며 버텼던 얘기가, 누군가의 오늘에 가닿을 수 있다면 더없이 기쁘고 족할 것 같다.

오늘의 나를 들여다보기

차례

하나,

나답게 일하기

일을 잘한다는 게 뭔지 궁금해했던 나에게
이렇게 말해주고 싶다.
머릿속으로 그려왔던 쿨하고 멋진 일잘러는 허상에 가깝다고.
진짜 일잘러는 혼자 다 해내거나
빼어난 성취를 이루는 이가 아니라.
타인과 손발을 맞추기 위해
기꺼이 협력하고 대화하는 사람이라고.

칼퇴 천국 초과 지옥

내 별명은 칸트다. 내가 제일 좋아하고 뿌듯하게 여기는 별명이다. 여기에는 사연이 있다. 어느 날, 동료가 내게 이렇게 말했다. "과장님은 칸트 같아요!" 갑자기 무슨 소리인가 싶었는데 그가 이렇게 덧붙였다. "여섯시가 되면 늘 자리에서 일어나시잖아요. 퇴근 시간이 궁금하면 저는 과장님을 봐요"라고.

그렇다. 마치 정확히 오후 세시 삼십분이면 산책로를 지나가던 칸트처럼, 나는 퇴근 시간을 칼같이 지킨다. '칼퇴 천국 초과 지옥'이라는 나름의 신념이 있기 때문이다.

하지만 처음부터 그랬던 건 아니다. 한때 나는 초과 지옥에 살았다. 그때는 야근이 당연한 것인 줄 알았다. 당시 몸담

앴던 회사 분위기가 그랬다. 다 함께 초과 근무를 일삼곤 했다. 사회 초년생이었기에 회사생활이라는 게 으레 그런 줄 알았다. 120퍼센트 정도의 에너지를 쓰지 않으면 그날의 업무가 끝나질 않았다. 문제는 그게 거의 매일같이 이어졌다는 거다. 해도 해도 일이 줄지 않았다. 회사 다니는 게 점점 힘에 부쳤고, 몸과 마음이 완전히 소진되고 나서야 도망쳤다.

무작정 옮겼던 다음 회사는 정말 다행히도, 워라밸을 찾을 수 있는 근무 환경과 사내 문화를 갖추고 있었다. 하지만 어이없게 나는 그곳에서도 일을 놓지 못했다. 몸에 밴 습관은 쉬이 없앨 수 있는 게 아니었다. 특히 애쓰는 습관이 문제였다. 분위기가 180도 바뀌어 과도한 업무로부터 비로소 자유로워졌는데도 나는 그대로였다. 에너지를 완전히 소진해가며 요령 없이 열심히 일하기만 하는 업무 방식이 익숙했다. 마치 일이 고픈 사람처럼 일을 마구 해치우려 들었다. 모니터를 뚫어져라 쳐다보며 일했고, 등 떠밀리듯 정시 퇴근을 하고 나면 알 길 없는 공허함에 시달렸다.

그렇게 한 달이 지났을 무렵, 같은 팀 선배가 내게 말을 건네왔다. "잠깐 얘기 좀 할까?" 그러더니 대뜸 이렇게 말했다. "안 힘들어?" 그는 한 달 동안 지켜봤다고 했다. "일하는 걸

쭉 지켜봤는데, 그렇게 일하면 누구라도 금방 나가떨어져. 초기에 그러다가 나중엔 고갈돼서 아무 일도 못 하는 사람 많이 봤거든. 나도 그래 봤고. 그러지 마. 너무 애쓰지 마. 열심히 하는 게 능사는 아냐." 그러면서 중요한 진실을 알려줬다. "소정 씨는 여기서 평일 아홉시부터 여섯시까지만 안 주임이야. 퇴근하면 안소정으로 사는 거야. 그걸 잊지 마. 그래야 일도 있고 소정 씨도 있는 거야. 자기 인생이 있는 사람이 일도 더 잘해."

그런 얘기를 해준 사람은 그가 처음이었다. 열심히 하라는 격려만 들어왔는데, 열심히 하지 말라니? 내 목표는 일을 잘하는 것, 더 나아가 몸담은 업계에서 성장하는 거였고 그래서 최선을 다했을 뿐인데. 거기다 일이 아니라 나를 찾으라니. 이런 말을 해주는 선배가 있다는 것 자체가 큰 충격이었다.

그날 집에 돌아가 곰곰이 생각해봤다. 나는 어떤 저녁과 주말을 보내고 있는지. 멍하니 침대에 누워 천장을 바라보거나 스마트폰을 하는 게 전부였다. 그간 너무 바빠 일 외에 다른 것에 관심을 두지도 못했던 탓이었다. 문득 서글펐다. 일이 뭐라고, 내가 갉아먹히는 줄도 모르고 살았을까. 왜 과거의 습관을 버리지 못해 일에 매달리고 있었는지 스스로가 안타까웠다. 그러자 뭐라도 해야겠다는 생각이 들었다. 아니,

정확히는 신나게 놀고 싶다는 생각이 들었다. 자리를 박차고 일어나 좋아하는 것들을 찾아나서기로 했다. 여섯시 이후, 안 주임이 아닌 자연인 안소정으로 살기 위해서 말이다.

그때부터 '칼퇴 천국'을 스스로 만들어가기 시작했다. 일과를 마치고 나면 열심히 놀았다. 연예인 덕질을 하기도 하고 여행을 다니기도 하고 새로운 것들을 배워보기도 했다. 그 과정에서 선배의 말을 진심으로 이해하게 됐다. 무작정 열심히 하는 것보다 나를 챙겨가며 일할 때 더욱더 시너지 효과가 난다는 걸 몸소 겪었다. 정말로 그랬다. 사는 게 즐겁고 행복하니 일을 대하는 태도도 건강해졌다. 칼퇴하기 위해 더욱 효율적으로 일할 궁리를 하게 되었고, 퇴근 이후 보고 듣고 배운 것들은 업무의 유용한 아이디어로 돌아왔다.

다시금 말하자면, 칼퇴는 정말로 중요하다. 물론 칼출근과 칼퇴근은 세트에 가깝지만, 사실 칼출보다 칼퇴가 100만 배는 더 중요하다고 생각한다. 시작보다 마무리가 중요한 것처럼 회사생활도 마찬가지니까. 제때 자리를 털고 일어날 수 있느냐는 곧 회사원으로서의 수명을 가늠해볼 수 있는 바로미터다. 우리는 오늘만 일할 수 없기 때문이다. 삶이 계속되듯 노동도 계속된다. 지루하건 재미있건 상관없이, 우리는 매일의 과업을 묵묵히 해낼 수밖에 없는 운명에 처해 있다. 그러려면 오늘의 에너지를 잘 비축해두었다가 내일 꺼내 쓸 수 있어야 한다. 칼퇴는 이 에너지를 확보하는 길로 가는, 유일무이한 실행 버튼이다. 그러니 중요하지 않을 수가.

한편으로 이렇게 생각할 수도 있다. 그럼 초과는 무조건 악인가? 그렇지는 않다. 업무량이나 상황에 따라서는 존재할 수밖에 없다. 정말 필요한 업무를 수행하기 위해 밤늦게까지 남아 있어야 하는 경우처럼 말이다. 하지만 특별한 이벤트 없이 초과를 상습적으로 한다면 원인을 살펴야 한다. 업무 시간에 얼마나 효율적으로 시간을 쓰고 있는지, 소화하지 못할 일이 과도하게 주어지고 있지는 않은지, 혹은 아무 이유 없이 초과 근무가 권장되는 불합리한 문화가 있지는 않은지 말이다.

얼마 전 트위터에서 멋진 대화를 봤다. 칼퇴를 영어로 어떻게 말하느냐는 질문에, 누군가 이렇게 답했다. 'Human Rights'. 휴먼 라이츠, 그러니까 인권이라는 뜻이다. 그렇다. 칼퇴는 인권이다! 나는 이 문장이 너무 좋아서 떨 수 있는 모든 호들갑을 다 떤 다음에, 세 번 정도 소리 내어 외쳤다. 칼퇴는 휴먼 라이츠, 휴먼 라이츠, 휴먼 라이츠. 입 밖으로 내뱉고 나니 더욱 선명하게 각오가 다져졌다. 그래, 앞으로도 나는 사무실의 칸트가 되어야지, 하고 말이다.

오늘도 여섯시 정각, 더 빠르지도 늦지도 않게 자리를 정리하고 일어나 당당하게 웃으며 인사했다. "모두 수고하셨습니다. 내일 뵙겠습니다" 하고. 그리고 다시 한번 다짐했다. 내일 아침 아홉시까지는 안 과장 아닌 안소정으로 살아보겠다고. 내일의 출근이 싫을지언정 두렵지 않은 건 언제든 다시 나로 돌아올 수 있다고 믿기 때문이니까. 그렇게 나는 나를 찾으러 매일 칼퇴한다.

부캐 인생 제2라운드

나에게도 부캐가 있다. 어느 날 갑자기 온천에 '덕통 사고'를 당해 한번도 가본 적 없는 일본의 온천 도시 벳푸를 1년 반 동안 들락날락하며 88개 온천 도장 깨기를 했고 시 관광과 에서 '온천 명인' 인증을 받으면서 그 이야기를 엮어 책으로 냈다. 그것이 부캐 '온천 명인'의 시작이었다.

단순한 취미 덕질은 출간을 계기로 자연스럽게 일로 확장 되었다. 평범한 직장인이 온천 명인이 되었다는 이야기가 많 은 이들의 호기심을 자극했는지, 방송 출연이나 매체 기고도 하게 되었다. 덕질은 더욱 탄력을 받았고, 그전부터 조금씩 해오던 국내 온천 및 목욕탕 탐방과 기록에도 박차를 가했 다. 주말이면 전국 방방곡곡을 쏘다녔다. 코로나19 직전까지

다니고 기록한 온천과 목욕탕만 해도 120여 개가 되다보니, 자타 공인 '목욕 덕후'라 불려도 이상하지 않을 정도가 됐다. 좋아하는 분야를 나만의 방식으로 기록하고 글로 엮는 일. 단언컨대, 한번도 생각해본 적 없는 새로운 영역이었다. 회사 안에서의 역할은 그대로인데, 회사 바깥에서의 역할은 훨씬 풍부해졌다.

사실 부캐가 생기기 전 나는 돌파구를 찾아 헤매고 있었다. 당시의 나는 일에서 열정과 목적을 잃고 쳇바퀴 돌리듯 겨우 살아갈 뿐이었다. 무기력했다. 어떻게든 좀 나아지고 싶은 마음과 순전히 재미만을 위한 마음으로 시작한 덕질이었다. 그런데 그게 부캐가 된 거다. 덕질만으로도 충분히 활력이 생겼는데, 얼떨결에 나만의 콘텐츠와 재능까지 발견하게 된 셈이다. 정말 값진 경험이었다.

의외의 소득도 있었다. 그 과정에서 다시 본캐가 좋아졌다는 것. 부캐란 결국 본캐가 있기에 가능한 구조라는 걸 깨달았는데 그러자 어쩐지 나의 자리와 월급이 사랑스러워졌다. 신기하게 회사도 좋아졌다. 부캐에서 얻은 에너지가 곧 본캐에 쓰였고, 본캐에서 얻은 경제적 기반과 안정성은 부캐의 발판이 되어주었으니까.

벳푸를 1년 반 동안 들락날락하며
88개 온천 도장 깨기를 했다.
부캐 '온천 명인'의 시작이었다.

부캐 인생 제2라운드

그렇기에 부캐 열풍의 이유를 아주 잘 알 것 같다. 많은 이가 격무에 시달리면서도 퇴근 전후로 이런저런 프로젝트에 도전하는 건, 회사 바깥으로 영역을 넓혀 자신만의 업과 브랜드를 찾기를 바라기 때문일 것이다. 그건 추가적인 수입을 얻고 싶은 전방위적인 생존 전략이기도 하고, 한편으로는 긍정적인 자아 발견의 여정이기도 하다.

한 가지 특이한 점, 부캐러들 중에 본캐에 성실한 경우가 의외로 많다는 점이다. 부캐가 성립하려면 본캐가 단단히 지반을 받치고 있어야 한다는 점에서 필연적으로 그럴 수밖에 없다. 이전의 '욜로'나 퇴사 열풍과는 다르게 많은 부캐러들은 회사에서의 나를 부정하지 않는다. 회사에서 배운 일은 부업에 쓰이고, 부업에서 알게 된 것들도 회사에서 유연하게 활용한다.

나도 마찬가지였다. 나의 경우 직무 덕도 있었다. 회사에서 하는 일의 8할이 홍보와 글쓰기였기에, 본업과 부업이 자연스럽게 연결될 수밖에 없었다. 회사에서 훈련된 공적 글쓰기와 개인적인 글쓰기가 만나다보니 시너지 효과가 났다. 부캐는 마치 좁고 답답한 회사생활을 타파할 수 있고, 넓은 세상에서 나를 발견하게 하는 만능 키 같았다.

그래서인지 최근 몇 년 사이 부캐 열풍과 N잡러에 대한 관심이 부쩍 높아진 것 같다. 다양한 분야에서 부캐를 개척한 이들에게 관심이 집중되기도 하고, 그들 자신도 유튜브나 다양한 채널을 통해 부캐를 만들고 가꿔나가는 일상과 비결을 널리 알리기도 한다. 기성 매체에서도 부캐 열풍은 MZ 세대의 다재다능함과 유연함이 돋보이는 새로운 세태라며, 재기발랄하고 긍정적으로 그리는 쪽이 많았던 걸로 기억한다.

　그러나 과연 부캐가 모두에게 멋진 대안이 될 수 있을까? 경험에 비추어보면 그 답은 '아니오'에 가깝다. 다시 돌아가 이야기해보자면, 나 역시 얼마간은 사이드잡에서 얻은 에너지와 본업에서 익힌 스킬을 저글링하며 숨 가쁘지만 활력 넘치게 살았다. 그러나 그 시간이 그리 오래가지는 못했다. 여러 이유가 있겠지만 결정적으로는 본업에 써야 하는 시간과 에너지를 줄일 수 없었기 때문이다. 하루 24시간 중 회사에서 보내는 시간이 최소 아홉 시간. 수면이나 출퇴근을 비롯해 이런저런 시간을 빼고 나면 사이드잡을 위한 시간은 그리 많지 않았다.

　한동안 일이 밀려들 때는 수면 시간을 줄이면서 버텼지만, 계속해서 그럴 수는 없었다. 망가진 건강은 다시 돌아오지 못하니까. 또, 미우나 고우나 회사는 내게 직함과 소속은 물론이고 가장 소중한 고정 수입을 주는 곳이 아닌가. 당연히 에너지도 마음도 가장 많이 쓰일 수밖에 없고, 회사에서의 스트레스가 크면 클수록 부캐생활도 꼬였다. 불만족스러운 본업의 문제를 해결하지 못하고 부업에 매달리는 건, 몸에도 마음에도 빚을 지는 적자 구조였다. 잠든 시간을 빼곤 거의 계속 일하는 거나 다름없으니까.

그래서 부캐가 널리 권장되는 요즘의 상황이 조금 염려스럽다. 단도직입적으로 말하면, 익히 잘 알고 있는 자기계발 신화와 크게 다를 게 없어 보인다. 초점이 회사 안에서 회사 밖으로 이동했을 뿐. 그리 오래되지 않은 과거에, 많은 직장인은 승진을 위해 새벽 별이 뜰 때 토익 공부를 하고 각종 자격증 시험에 매달렸다. 그때는 회사원으로서의 몸값을 올리고 승진 경쟁에서 살아남는 사람에게는 그만한 보상이 주어지는 시대였다.

그러나 지금은 다르다. 정년 퇴임은 바라지도 않고, 그저 몇 년 정도라도 경력을 쌓아 이직할 수 있으면 다행일 정도로 평균 근속연수가 짧아졌다. 직장에서의 미래를 보장받을 수 없으니 직장 바깥에서 살길을 찾아야 한다.

나는 그 지점이 부캐 열풍의 핵심이라고 본다. 각자가 처한 현실에서의 불안을 해소할 방법, 새로운 탈출구로서 부캐가 급부상했다고 말이다. 기성세대는 MZ 세대나 90년대생을 마치 듣도 보도 못한 신인류처럼 여길 때가 있는데, 그들이 지금과 같은 사회 환경을 온몸으로 겪어내야 했다면 아마 같은 선택을 하지 않았을까? 악착같이 칼퇴해서, 1분 1초라도 회사 바깥에서 살길을 찾지 않을까? 그건 이기적인 것도 아니고 버릇없는 것도 아니다. 새로운 생존 방식일 뿐.

나는 바란다. 적당히 일해도 괜찮게 살 수 있고, 열심히 사는 게 선택과 자유의 영역일 수 있기를. 부캐가 나쁘다는 건 아니다. 다만, 부캐라는 일견 가벼워 보이는 단어에 많은 것들이 가려져 있다는 생각을 지울 수 없다. 누군가에게 부캐는 놀이일 수 있겠지만, 생존에 대한 불안으로 살길을 찾아나선 평범한 사람들에게는 부캐 또한 다른 노동과 다르지 않을 테니.

설령 모든 걸 감당할 수 있어 도전한다고 해도 지속가능한 부캐가 결코 쉬운 일은 아니다. 그러니, 부캐 하나 만들지 못했다고 자신을 힐난하지는 않았으면 좋겠다. 그저 새로운 일을 자연스레 찾아나설 수 있을 때까지, 편안한 마음으로 충분히 쉬어갈 수 있다면 좋겠다. 나 역시 부캐를 찾을 때까지 몇 년간은 퇴근 후 매일같이, 꼼짝없이 누워 있었던 시간이 있었으니까.

　최근 새로운 목표 하나를 세웠다. 세상에서 제일 어렵다는 '적당히 하되 죄책감 가지지 않기'다. 즐거우려고 시작한 취미활동이 부캐가 된 일은 결코 후회하지 않는다. 오히려 내 인생의 커다란 행운이라고 단언할 수 있을 만큼 많은 기쁨을 누렸다.

　그러나 일의 영역으로 들어오자 나도 모르게 강박적으로 매달렸던 것 같다. 특히 다른 부캐러들과 비교하는 일이 잦았다. 저 사람도 나도 같은 회사원인데, 그와 비교해 생산량이 턱없이 부족한 경우에는 조바심이 들었다. 인정받고 싶다는 마음과 과도한 의욕으로 책임지지도 못할 일을 덥석 맡기도 했다. 그렇게 역량 밖의 일을 해내느라 몸을 혹사해야 했다. 좀더 열심히 잘하면 나도 인생이 바뀔까, 그런 생각도 했었다. 분명히 그러려고 시작한 취미가 아닌데 말이다. 진심으로 즐거워서 하던 취미가 짐처럼 느껴지거나 아무것도 쓸 수 없는 날이 눈에 띄게 늘어날 때면 내가 너무 한심했다.

　'어서 뭐라도'의 덫에 걸려 헤어나오지 못한 시간을 생각하면 안타깝기 그지없다. 그렇게까지 못하고 잘할 것도 없는데, 나한테는 어차피 본캐가 있고 그 일을 해내는 것만으로도 충분히 잘하고 있는데 말이다. 그래서 이제는 나의 한계를 받아들이고 지나치게 불안해하지 않고 사랑하는 법을 익혀나가고 싶다. 부캐 인생 제2라운드는 적당하고 즐겁게, 그렇게 계속해서 목욕 덕후이자 글 쓰는 사람으로 살아가고 싶다.

일못러의 진실

경쾌한 굽 소리가 나는 하이힐에 주름 하나 없이 매끈한 정장 차림을 한 커리어우먼. 오래전 내가 그리던 어른의 모습은 그랬다. 어렵고 힘든 일을 척척 해내는 프로는 외양도 멋지고 세련될 거라고 믿어 의심치 않았다. 청바지에 운동화를 신고, 화장조차 하지 않은 맨얼굴로도 잘만 일하는 지금 와서 생각하면 그 상상이 우습기만 하지만. 그런데 그보다 더 어이없는 건, 나는 일잘러가 될 거라고 굳게 믿었다는 사실이다.

일을 잘한다는 것은 무엇인가. 본격적으로 월급을 받기 전에는 그게 뭔지 잘 몰랐다. 뭔가 남들보다 탁월하게 하는 것일까, 하고 막연히 짐작했던 것 같다. 마치 학교에서 동급생들과 비교했을 때 더 우수한 성적을 거두는 것과 같은 종류의 성취랄까. 20대 초반까지 내가 배워온 '잘'이라는 개념은 성적과 무관하지 않았으니 그렇게 생각하는 것도 무리는 아니었다. 한마디로 나만 잘하면 되는 줄 알았다는 거다.

그리고 몇 군데의 회사를 거쳤다. 8개월짜리 단기 계약직, 3개월짜리 인턴으로 1년도 채 되지 않는 사회생활을 두 개의 조직에서 경험했다. 그도 그럴 것이 내가 목표로 한 업계는 문화예술계였다. 정직원이 드물었고 프로젝트 고용이 많은 시장이었다. 뭐라도 끈을 잡아야 할 것 같아 이것저것 닥치는 대로 도전하던 중에 어쩌다 운 좋게 선망하던 회사에 들어가게 되었다. 물론 이 자리도 1년 계약만을 보장할 수 있다고 했지만, 아직 어리니까 좋은 발판이 되어줄 거라고 믿어 전혀 개의치 않았다. 스물여섯 봄이었다. 평소 동경하던 업계 선배들과 함께할 수 있다는 사실만으로 꿈에 부풀었던 게 기억난다.

나의 자리는 황송하게도 매니저급이었다. 어쩌다 그 자리가 공석이었고 회사는 그 자리를 메워줄 사람으로 나를 골랐다. 왜 그랬는지는 잘 모르겠지만 회사는 사람이 급했고 타이밍 좋게 열의에 넘치는 내가 마침 있었던 게 아닐까. 팀에는 두 명의 직원이 있었고, 그중에 반가운 얼굴이 있었다. 실은 그와 나는 이미 서로 아는 사이였다. 같은 업계에 동향

일못러의 진실

이라는 공통점으로, 온라인의 인연이 지인으로 발전한 관계였다. 평소 믿고 따랐기에, 그가 사수인 게 더 좋았다. 그도 나를 반겼다.

심지가 굳은 타입이었던 그는 강한 책임감으로 혼자서 많은 일들을 해내고 있었다. 나는 그의 짐을 덜어주는 좋은 팀원이 되고 싶었다. 그런데 얼마 못 가 삐걱거리기 시작했다. 나는 주어진 일을 완벽하게 처리하는 데 골몰해 시간에 늘 쫓겼고, 그는 속도가 붙지 않는 나를 몰아치기 일쑤였다. 어떻게든 잘하고 싶은 마음에 새벽 퇴근을 하기도 했는데, 그래도 나아지지 못했다.

숨 고를 틈도 없이 그저 흐름을 따라잡느라 하나둘 놓친 문제는 크고 작은 구멍을 만들어냈고, 급기야 사수와 돌이킬 수 없이 사이가 나빠지기 시작했다. 관리자가 함께 근무하지 않아, 사수 이외에는 비빌 언덕이 딱히 없었던 나는 조직에서도 고립되었다. 게다가 사수는 나를 아예 쓸모없는 인력으로 생각했는지, 다른 지인들을 보조 인력으로 불러와 나를 배제하고 그들과 일하기 시작했다.

그렇게 나는 공식적인 일못러가 되었다. 조직에서 일못러로 낙인이 찍히고 배제당하는 건 상상보다 더 괴로운 일이었

하나, 나답게 일하기

다. '멋진 나'라는 스스로를 향한 기대와 현실이 일치하고 안 하고의 문제가 아니라, 숨통이 언제 끊어질까를 불안해하는 생존의 문제였다. 언제 어디서 부정적인 평가에 맞닥뜨릴지 몰라 늘 가슴 졸여야 했다. 말 한마디나 행동 하나하나가 '일 못하는 애'라는 꼬리표로 따라붙었다.

일못러가 되자 내가 한 모든 실수는 아주아주 큰일로 둔 갑했다. 이런 식이다. 내 실수를 발견하면 그는 "어휴, 정말 큰 일 났네"라고 줄기차게 얘기했다. 어떤 사고가 생기면 수습 방법을 함께 논의하기는커녕 비난부터 들어야 했다. 실수는 늘 돌이킬 수 없는 것으로 평가되어 답도 없는 구제 불능이 되어 있었다. 어쩌다 일을 잘 해낸 순간도 있었지만, 기쁨을 누릴 틈도 없었다. 사수는 공은 일축하고 과에 집중했다.

더 큰 문제는, 그런 대우를 받는 와중에도 증명하고 인정 받으려 애를 쓰다가 망가진 마음이었다. 눈치 보느라 신경이 바짝바짝 말랐고 엄청난 압박감에 시달린 나머지, 잘하던 일조차 망치는 기가 막힌 재주를 갖게 되었다! 급기야 "너는 이 분야에 재능이 없으니 딴 일을 알아보는 게 좋겠다"라는 말을 듣기도 했다. 그나마 불행 중 다행인 건, 재능이 있는지 없는지 알아볼 기회가 주어지기도 전에 회사가 문을 닫게 되 어 일을 그만두게 되었다는 거다. 그리고 곧바로 동종 업계의

타 회사로 자리를 옮겼고, 놀랍게도 그곳에서 지금까지 일하고 있다.

입사 1년도 채 되지 않아 재능이 없는 것으로 판명난 일못러가 어떻게 계속 같은 일을 하며 회사를 다닐 수 있었을까? 답은 간단했다. 그곳 또는 그 사람과 맞지 않았을 뿐이라는 것. 희한하게도 자리를 옮기자, 나는 잘할 수 있는 일을 잘하고 못하는 일을 못하는 보통의 상태로 돌아왔다. 그럼에도 한동안은 과거에 사로잡혀 있었다. 동료나 선배들의 평범한 리액션이나 조언에 과하게 의미를 부여하고, 사소한 실수 앞에서 과거의 기억에 사로잡혀 지나치게 불안해하기도 했다.

그러나 선배들은 영수증을 잘못 붙였다고, 오탈자가 났다고 윽박지르는 대신 무엇이 잘못되었는지를 일러주었다. 동료와 조직은 나를 그저 평범한 신입 직원으로 대해주었다. 상식과 존중 속에서 서서히 평정심과 균형감, 고유한 업무 능력이 회복되었다. 그리고 지금까지도 뾰족한 재능 없이 매일의 과업을 헤쳐나가고 있다.

그렇다면 정말 일못러는 존재할까? '지뢰 총량 보존의 법칙'에 따르면, 높은 확률로 거의 모든 조직에는 일못러나 빌런이 꼭 있다. 그들 때문에 고통받는 이도 있고, 조직 자체가 위협을 받는 경우도 적잖이 있을 테다. 그러나 나는 두 가지의 상반된 경험을 한 뒤에 조금 다른 결론을 내렸다. 세상에 절대적인 일못러는 존재하지 않는다는 것.

우리가 하는 일이라는 건 절대적으로 한 사람의 역량에만 기대지 않는다. 일을 발전시키고 성과를 얻기 위해서는 다양한 사람들과 필연적으로 협업할 수밖에 없기에 특정 인물이 모든 걸 짊어질 수도 없다. 또, 도의적으로나 현실적으로 어떤 선을 크게 넘지 않는 한 돌이킬 수 없는 잘못이라는 것도 실은 존재하지 않는다. 일이 좀 망했을지라도, 어떤 한 사람이 모든 걸 다 망쳤다고 말하기 어려운 상황이 훨씬 더 많다. 그리 길지는 않지만 지난 10년 동안의 회사생활을 돌아보면, 공도 과도 복잡다단한 맥락 속에 놓여 있는 경우가 압도적으로 많았다. 그래서 대부분 문제는 조직 전체가 함께 해결해야 할 숙제에 가까웠다.

그러나 차분히 문제를 복기하거나 변화나 개선을 할 여유가 없으면, 언제나 화살은 누군가에게로 향했다. 복잡하게 꼬여 있는 걸 푸는 것보다 차라리 탓할 대상 하나를 정하는 게 더 쉬우니 말이다. 한번 생겨난 평판이나 낙인은 쉽게 떨어지지 않기에, 많은 일못러들은 영원히 일못러일 것처럼 기대받는 경향이 있다(주로 '걔는 그럴 줄 알았다' 같은 멘트가 따라붙는다). 사실은 교육과 시스템이 전무하다든지, 업무를 적절히 배분하지 못하는 구조나 협업과 자정이 불가한 조직 문화의 문제일 수도 있는데 말이다.

　돌이켜 생각해보면 내가 미숙하지 않았던 건 아니었다. 나는 느렸고 실수가 잦았다. 당시 사수는 과도한 업무량으로 힘들어했는데, 조직은 그의 희생을 당연하게 여기고 오히려 더 많은 압박을 주었다. 그는 종종 그런 말을 했다. 자기는 나보다 더 많이 굴렀고, 고생했다고. 불합리한 일들은 개인의 성장을 위한 밑거름으로 여겨졌기에, 눈물은 당연했다. 그런 맥락 속에서 자기 역량보다 더 큰 직책을 맡게 된 내가 일못러가 되는 건 자연스러운 결과였다. 경쟁과 평가에 시달리는 환경 속에서는 누구라도 타인에게 너그럽기 어려우니까.
　이후로 여러 사람과 일했지만, 그와 같은 관계는 다행히도 없었다. 그러나 그때의 기억은 마치 전쟁에서 얻은 상흔처럼 오래 남아서, 이전과는 전혀 다른 관점으로 사람들을 대하게 되었다. 유능하거나 무능하거나, 태도가 좋거나 나쁘거나, 이도 저도 딱히 아닌 이들 모두에게 말이다. 조직에서 누군가를 평가할 때면 개인적 감정을 떠나 항상 신중하려고 애썼다. 옷이 맞지 않으면 옷을 갈아입으면 될 뿐이니, 그 자체의 인격을 비난하거나 깎아내리지 않으려 노력했다. 이런저런 노력에도 좋은 기량을 보이지 못한다 해도 어딘가에서는 그가 자기 능력을 발휘할 수 있는, 회사 바깥에도 삶이 존재하는 개별적인 인간임을 상기하곤 했다.

특히 그중에서도 경험이 상대적으로 부족한 사회 초년생들에게는 가능한 한 기회를 많이 주고, 과실보다는 성취를 높이 샀다. 그런 노력 덕인지 운이 좋았던 건지 몰라도, 다행히 지금까지 만난 동료들과는 평범하고 무난하게 일해오고 있다.

몇 해 전 '일 못하는 사람 유니온'이라는 단체의 인터뷰 기사를 읽었다. 그들이 일못러로서의 정체성을 거리낌 없이 드러내자 많은 이들이 공감하고 있다는 내용이었다. "모두가 일을 잘하길 기대하고, 서툰 사람에게 관용이 없는 사회에서는 외로움을 느끼고 고립되기 쉽다"는 그들의 말에 나의 외로웠던 회사생활이 생각나 눈시울이 붉어지기까지 했다. 지금은 없어진 단체지만, 그들이 던진 의문은 여전히 유효할 것 같다.

어디선가 일못러로 불리지만 살아남기 위해 고군분투하고 있는 이들에게. 또 과거의 나에게 이렇게 말하고 싶다.

머릿속으로 그려왔던 쿨하고 멋진 일잘러는 허상에 가깝다고. 진짜 일잘러는 혼자 다 해내거나 남들과 비교해 빼어난 성취를 이루는 이가 아니라, 타인과 손발을 맞추기 위해 기꺼이 협력하고 대화하는 사람이라고.

이 말도 꼭 해주고 싶다. 꼭 일을 잘하지 않아도, 재능이 없어도 그럭저럭 직업인으로 살아갈 수 있고, 어딘가에는 내 자리가 있다는 걸 잊지 말라고. 그러니 너무 괴롭게 하는 일이나 사람을 만나면 억지로 버티거나 증명할 필요는 없다고 말이다. 어딘가에는 분명 있는 그대로의 너와 함께 손을 맞잡고 걸어갈 좋은 이들이 있을 테니.

내 적성은 밭에 있었네

어릴 적부터 '꿈은 크게 가져라' '네 꿈을 펼쳐라' 같은 말을 귀에 딱지가 앉도록 들으며 자랐다. 성적도 중요하지만 재능과 적성을 일찍이 발견하는 게 더 중요하다고 말하는 분위기였다. 그래서였는지 내가 학교에 다녔던 때는 그야말로 적성검사의 시대였다. 각종 IQ 테스트를 마치자 EQ 테스트, 뒤이어 에니어그램이며 MBTI까지 여러 검사가 나를 거쳐갔다. 명목은 적성 발견.

그게 끝이 아니었다. 항상 검사지 끄트머리에는 직업 수십 개가 내 앞에 놓이곤 했다. 그러니까 적성이란 곧 직업과 연결되는 것이었다. 얼핏 봐도 어른들이 좋아하는 직업은 다 모은 것 같은, 긴 행렬을 이루는 직업 리스트를 볼 때면 별생각이

들지 않았다. 그저 무심하게 여기서 하나는 하겠거니 싶었다.

하지만 그건 오판이었다. 막상 때가 되니 적성을 따져가며 직업을 고를 여유 같은 건 사치였다. 취업시장에서는 전력 질주를 해도 모자란 레이스가 벌어지고 있었다. 내가 하고 싶은 게 뭔지, 어떤 일을 잘하고 못하는지를 따지며 적성을 논할 여유는 없었다. 그저 그 자리에 어울리는 사람이 되기 위해 나를 구겨넣고서야 간신히 레이스에 참여할 수 있었다. 그나마 나는 운이 좋은 편이었다. '재미있는 일인지' 같은 이상적 기준으로 따져 묻고도 자리를 찾았으니 말이다. 일이 재미있기를 바란다는 게 큰 욕심인 건 알았지만, 어차피 틀에 끼워 맞춰진다면 조금이라도 흥미가 있는 일이기를 바랐다.

선택한 자리는 문화예술 직종의 홍보 담당자였다. 직종은 흥미에 따랐고 업무는 나름 잘하는 일을 고려한 결과였다. 공연이며 전시를 좋아했고 말하기와 글쓰기는 자신 있는 편이었으니까. 그렇지만 일은 예상대로 흘러가주질 않았다. 홍보 담당자면 말과 글만 다루면 될 줄 알았더니 웬걸. 전혀 생각지도 못한 업무를 맡게 된 것이다. 바로, 텃밭 관리다.

당시에 몸담은 부서는 미술관의 홍보팀으로, 새로운 고객 유치와 대외 홍보를 위해 남는 부지에 가족용 텃밭을 조성하게 되었다. 그래서 조직에서는 텃밭 프로그램에 참여할 사람을 모집하고 홍보하는 일, 그리고 전반적인 관리까지 두루 할 사람이 필요해졌다. 입사 1년 차에 전례 없는 특이한 사업이 내게 떨어지자 당황스러웠다. 너무나 뜻밖이어서 저항감이 꽤 심했다. 모두가 피하는 일이라 힘없는 신입인 내게 맡겨진 것은 아닐까, 하는 생각마저 했으니 말이다. 그러나 윗선의 꾸준한 설득과 뭐라도 해내서 내 자리를 만들어야 하는 신입의 절박함이 더해져 사업은 시작됐다.

사업 홍보와 참가자 모집은 그리 어렵지 않았다. 늘 하던 일이었기 때문에 그럭저럭 해나갈 수 있었다. 하지만 텃밭에 물을 주고 작물의 상태를 보살펴야 하는 일은 난생처음이었다. 뭘 키워본 거라곤 초등학교 시절에 실습으로 토마토를 키운 게 전부인 것 같은데. 심지어 매번 키우는 족족 식물을 죽이는 식물 킬러에다, 그때까지는 플랜테리어나 반려식물에도 관심이 없었다. 그런데 내가 열 몇 가족의 1년 치 텃밭 농사를 관리해야 하는 책임자라니, 부담이 이만저만한 게 아니었다.

전문가의 도움이 필요했다. 프로그램에 선생님을 모셨고 만날 때마다 텃밭 참가자들과 함께 수업을 들으며 공부를 시작했다. 계절별로 어떤 작물을 심는지, 작물을 심을 때는 어느 정도의 간격을 두고 어떻게 배치를 해야 하는지, 물은 얼마나 주고 순과 잎은 어떻게 솎고 쳐내는지를 배웠다.

출근하면 매일 아침마다 텃밭에 올라가 작물들을 들여다보고 물을 줬다. 처음에는 아무것도 모르고 그저 해야 하는 일이라 했을 뿐이었다. 그런데 언젠가부터 줄기가 하루하루 높아져가며 연하고 고운 새싹이 돋아나는 걸 보면 흐뭇해지고, 조금이라도 얼룩이 들거나 시들해지면 마음이 조급해지고 걱정이 되었다. 그 무렵엔 땅만큼이나 하늘을 쳐다보는 일이 잦아졌다. 평소 비를 싫어했는데 희한하게도 비가 반가워지기 시작했다.

즐겁게 업무를 하면서도 이따금 직업 정체성에 대한 의문이 들곤 했지만, 초록을 바라보고 흙을 매만지노라면 어느새 그런 생각은 잊히곤 했다. 그렇게 차근차근 텃밭을 알아가게 되는 새, 나도 모르게 텃밭에 빠지고 있었다.

가장 감격스러웠던 때는 뭐니뭐니해도 수확의 순간이었다. 땅에서부터 줄기를 타고 알알이 달려나오는 햇감자. 그 햇감자를 폭폭 삶아 나눠 먹는 맛이란. 어른, 아이 할 것 없이 와자지껄 웃음이 번지던 그 순간 느꼈다. 이건, 대체 불가능한 행복이라고. 내 적성은 다름 아닌 밭에 있었다고.

홍보 담당자면 말과 글만 다루면 될 줄 알았더니

웬걸. 전혀 생각지도 못한 업무를 맡게 되었다.

바로, 텃밭 관리다.

약 4년 정도 텃밭을 가꾸었다. 맑은 날도 궂은 날도 텃밭에서 시간을 보냈고 그동안 사업도 꽤 잘되어 직업적으로도 성과를 거두었다. 미술관과 텃밭이라는 의외의 조합에 사람들도 호응을 보내주었고 작황도 매해 풍년이었다. 그러나 무엇보다 기뻤던 건 사계절의 변화를 피부로 느끼며 씨앗이 열매가 되는 과정을 지켜볼 수 있었다는 점이었다. 경험하기 전에는 결코 알지 못하는 세계에 푹 빠져들어 거둔 성과라 할 만하다.

이 일을 맡게 된 이후 종종 생각했다. 적성이니 흥미니 하는 것들도 어쩌면 우리가 알고 있던, 극히 일부에 불과한 한정된 세계 속에서 취사선택하는 게 아닐까 하고 말이다. 수많은 적성 검사지들이 가리켰던 일의 목록에도 텃밭 가꾸기는 없었으니까. 그리고 일에서도 취미에서도, 나는 전혀 예상치 못한 곳에서 행복을 발견하곤 했었다. 그러니 어차피 뜻대로 되지 않는 인생사, 다가오는 파도에 기꺼이 몸을 맡겨보는 것도 괜찮지 않을까.

만일 내가 다시 그 순간, 그러니까 텃밭 관리자로 처음 임명받을 때로 돌아간다면 과거의 내게 이렇게 말해주고 싶다.

"잘 들어. 네 적성은 밭에 있어. 이상하게 들릴지 모르겠지만 아무튼 그래. 뭐든지 생각한 대로 할 수 있는 건 아니고, 또 그게 정답이라는 법도 없어. 네 방식대로 뭐든 해봐. 그러면 알게 될 거야. 무엇이든 해보는 일의 가치를, 새로움을 사랑하는 방법을."

당신은 무슨 꽃인가요

때론 낯선 이의 말 한마디가 인생을 좌우하는 지침이 되기도 한다. 내게도 깨달음을 준 이가 있는데, 바로 독일 태생의 세계적인 바이올리니스트 아네조피 무터다.

되는 일 하나 없어 잔뜩 웅크리고 살던 백수 시절, 동네 도서관은 유일한 도피처였다. 어느 날 서가로 숨어들었다가 우연히 잡지에서 그의 인터뷰 기사를 만났다. 빛나는 업적과 음악 이야기를 무심한 눈길로 읽어내려가다 마지막 질문에서 우두커니 멈춰 섰다. '젊은 음악인들에게 해주고 싶은 조언이 있다면'이라는 질문에 그는 이렇게 답했다.

"음악을 커다란 하나의 꽃밭으로 생각해라. 그 꽃밭에서 나의 고향이 될 꽃의 종류를 선택해야 한다. 오케스트라에서 연주하는 삶이 될 수도 있고, 가르치는 삶이 될 수도 있다. 예를 들어 유치원 음악 선생님이라도 자신의 열정을 이른 나이의 아이들에게 전달할 수 있다면 아름다운 일이다. 신의 화원은 크다."

처음에는 이 문장을 읽고 고개를 갸우뚱했다. 일류 연주자가 되는 법 같은 걸 알려줄 줄 알았는데, 전혀 다른 말을 해서였다. 웬 유치원 음악 선생님인가. 머리로는 이해했지만, 마음으로는 받아들이기 어려웠다. '아무리 그래도 유치원 음악 선생님보다는 일류 연주자가 되는 게 더 낫지 않나? 명성도 있고 돈도 훨씬 더 많이 벌 텐데.' 그런 생각을 하며 서로를 비교했다. 좋은 직업이라 여겨지는 것들이란 돈을 많이 벌 수 있거나, 명예나 지위를 가져다주는 것들이니 말이다. 그리고 생각했다. 신의 화원이 넓다지만, 나는 다른 이들보다 화려하고 예쁜 꽃이었으면 좋겠다고.

그랬다. 그맘때 나는 남들이 우러러보는 어딘가에 내 자리가 있을 거라고 막연하게 믿었다. 반짝이고 화려한 일을 동경했다. 영화나 드라마에 나오는 커리어우먼처럼 멋지게 살고 싶었다. 그래서 첫 단추를 보란 듯이 멋지게 꿰어야겠다 생각했다.

하지만 여기에는 몇 가지 오류가 있었다. 첫째, 내가 원하는 건 남들도 원한다. 둘째, 아무리 '있어' 보인대도 일은 일이다. 셋째, 삶은 영화나 드라마가 아니다. 넷째, 처음부터 잘되는 사람은 거의 없다.

적고 보니 너무 당연한 소린데 그때는 전혀 알지 못했다. 뭐랄까, 일종의 '난 그렇게 안 살 거야' 병에 걸려 있었달까. 특히 20대 초반부터 중반까지 병세가 심각했다. 무언가를 성취해서 특별한 존재가 되어야 한다는 게 나를 움직이는 유일한 동력이었다. 하지만 끊임없이 움직이면서도 어디로 향하고 있는지 알 수 없었다. 오로지 외부의 시선만 신경 썼다.

어찌 됐건 간에 노력한 끝에 기회를 잡았다. 백수생활을 청산하고 원하던 회사에 입사한 것이다. 멋진 회사 이름에 선망하던 업계의 사람들. 거기에 속했다는 게 무척 만족스러웠다. 이제야 일이 풀리는구나 싶었다. 마치 터닝 포인트 같았다. 실제로 그랬다. 생각한 것과 전혀 다른 의미였지만. 1년이 채 되지 않아 회사를 그만두었으니 말이다.

그렇게 원해서 들어가놓고 퇴사라니. 이상하지만 그럴 수밖에 없었다. 앞서나가고 싶다는 욕망으로 똘똘 뭉쳐 이리저리 구르다보니 몸과 마음이 엉망진창이 되었고, 그러면서 자연히 알게 되었다. 남들 보기에 좋아 보이는 일이 꼭 행복을 보장해주지는 않는다는 것. 사다리를 오르는 것보다 중요한 건 그 사다리로 어디를 갈지 정하는 일이라는 걸.

그 무렵 나는 다시 무터의 말을 떠올리게 됐다. 아이들에게 음악에 대한 열정을 전할 수 있다면 그 또한 무척 아름다운 일이라는 말, 어쩌면 거기에 답이 있을 수도 있겠다는 생각이 들었다. 막연했지만 짐을 싸서 집으로 내려왔다. 그리고 새로운 회사에 들어갔다. 이전과 비슷한 일을 하는 곳이긴 했지만, 전에 생각한 적 없었던 귀향이며 퇴사와 입사를 반복하다보니 한동안은 패배감에 사로잡히기도 했다.

하지만 이곳에서 길을 찾겠다는 일념으로 버텼다. 여기서 버틴다는 의미는 이전처럼 몸이 갈려나가고 우울한 상태로 애쓰는 일이 아니었다. 손에 잡히지 않는 거품 같은 욕망에 사로잡혔던 과거의 나와 결별하고 다시 일어서는 과정에 가까웠다. 그렇게 버티다보니 순식간에 시간이 지났다. 놀랍게도 아직 퇴사하지 않은 채였다. 더 놀라운 건 이전과는 비교할 수 없이 행복하다는 거였다. 내가 하는 일이 좋았다. 그 일로 스스로를 먹이고 입힐 수 있어서 좋았고, 더 나아가 사람들을 즐겁고 기쁘게 만들 수 있어서 뿌듯했다. 이전에 꿈꿨던 화려한 무대는 아니었지만, 소박하나마 원하는 가치를 추구하며 일할 수 있었다. 그야말로 지극히 평범하고 행복한 회사원 1이 되었다.

같은 영화를 두 번 이상 보는 일이 잘 없는 내가 무려 다섯 번이나 보고 원작 소설까지 찾아 읽은 인생 영화가 있다. 「벤저민 버튼의 시간은 거꾸로 간다」(2009)다. 특히 이 영화의 마지막 장면이 내 마음을 울렸는데, 벤저민의 인생에 등장했던 수많은 이들의 얼굴이 스쳐지나갈 때 나지막이 흐르는 다음의 대사 때문이다.

"누군가는 강가에 앉으려고 태어나고, 누군가는 벼락을 맞고, 누군가는 음악에 조예가 깊고, 누군가는 예술가이고, 누군가는 수영하고, 누군가는 단추를 만들고, 누군가는 셰익스피어를 읽고, 누군가는 그냥 엄마이다. 그리고 누군가는 춤을 춘다."

언젠가 이 영화를 함께 본 친구는 말했다. 이런 뻔한 대사에 감동까지 하느냐고. 그 말에 발끈하면서도 정작 그 이유를 설명하지 못했는데 이제는 말할 수 있다. 바로 이 말이 '저마다의 모습으로 사는 아름다움'을 있는 그대로 표현하고 있기 때문이다. 사람은 다 다르다. 그리고 주어진 자리도 다 다르다. 설령 그게 불공평해 보일지라도 자신을 받아들이고 각자의 자리를 지키는 게 인생이라는 메시지가 또렷하게 읽힌다.

그렇게 세월이 흐르는 동안 자연히 이해하게 됐다. 신의 화원에서 나의 고향이 될 꽃을 정하라는 건 이런 뜻이었다. 중요한 건 성취가 아니라 가치라고. 원하는 대로 풀리지 않더라도 얼마든지 다른 길이 있다고. 네가 행복하게 지내며 사람들에게 좋은 영향을 줄 수 있다면 그걸로 너의 자리를 찾은 거라고.

지금도 가끔 일에 지쳐 몸과 마음이 고달플 때면 무터의 말을 떠올린다. 그리고 나는 무엇을 위해 일하고 있는지 생각해본다. 한때는 많은 돈을 벌거나 높은 자리에 오르기 위해 일한다고 믿었다. 하지만 우리가 하는 일은 세상과 어떻게든 연결된다. 그러니 의미 있는 일이란 만인이 우러러보는 화려한 일만이 아니라, 작고 평범하더라도 누군가에게 보탬이 되는 일이 아닐까. 신의 화원이 아름다운 것도 모두가 저마다의 자리에서 각양각색의 꽃을 피워내고 있기 때문이리라.

문득 궁금해진다. 이 글을 읽고 있는 당신은, 무슨 꽃인가요?

굴레도 꿈도 아닌

수습, 매니저, 사원, 주임, 대리, 과장. 여러 직함이 생겨났다 사라지기를 반복하며, 드디어 올해 10년 차 직장인이 되었다. 요즘 같은 이직 춘추전국시대에 그리 많은 직장을 거친 건 아니지만, 네 군데는 다녔으니 그도 적은 수는 아닌 것 같다.

수십 년 직장생활을 한 이들에 비하면야 아직은 경험할 것도 배울 것도 많은 한창이라지만, 고백하자면 일이 시들해진 지는 꽤 되었다. 그러나 분명 내게도 그런 시절이 있었다. 종이 한 장을 복사해도 새롭게 알게 되는 사실에 신나고, 동료와 스스럼없이 진심을 나누고, 누구도 해결하지 못한 문제를 내가 풀어보겠다는 패기가 넘쳤으며, 무엇보다 내가 하는 일이 타인에게 조금이라도 도움을 줄 수 있다는 사실에 뿌듯함을 느끼고, 일이 재밌냐는 질문에 답을 망설이지 않았던 그런 때.

그때는 일이 내 정체성을 대변했고, 일이 어떻게 풀리는지가 내 인생의 대부분을 좌우했다. 그리고 재미있는 일을 끊임없이 찾아다녔다. 이유는 간단했다. 즐겁게 살고 싶었으니까. 하루 24시간 중 무려 아홉 시간을 투자하는 일이니, 응당 재미있어야 한다고 생각했다.

내 말을 들은 선배나 어른들은 웃으며 격려해주기도 했지만, 서늘한 진실을 몰래 고백하듯 귀띔해주기도 했다. "잘 들어, 일은 결코 재미있을 수 없어." 하지만 남들이 다 그래도 나만은 그러지 않으리라고 오만하게 생각했다. 일을 지루하게 여기지 않으리라고. 언제나 나름의 의미를 찾을 수 있을 거라고 말이다.

착각이 깨지는 데는 그리 오랜 시간이 걸리지 않았다. 이해할 수 없지만 받아들여야만 하는 부조리한 일들, 패배주의와 매너리즘이 그림자처럼 따라붙어 새로운 시도조차 할 수 없는 분위기, 정당한 보상이나 격려는커녕 착취와 압박이 효율과 요령으로 여겨지는 관습 속에서 첫 마음을 잃어갔다. 게다가 재미를 찾을 수 있는 일은 극히 일부에 불과했다. 답

굴레도 꿈도 아닌

을 알 수 없는 질문 속에 갇혀버렸고, 슬럼프가 찾아왔다.

그렇지만 뭘 하든 10년은 채워야 하지 않겠느냐고 마음을 다독이며 다녔다. 좌절과 분노를 지렛대 삼아서, 몇 푼 안 되더라도 고정 수입이 있다는 사실에 감사하면서, 꿈속에만 존재하는 사표를 품고서, 슬프고 괴로우면 조용히 화장실로 숨어들면서. 모두가 그렇듯이 말이다. 그리고 가끔 생각했다. 내가 회사원이 아니었으면 뭘 하고 먹고 살았을까.

그런 생각을 하는 건 나뿐만이 아닌지, 동료들과 모이면 생산성이라곤 1도 없는 판에 박힌 신세타령을 줄줄 늘어놓곤 했다. 특히 문과 계열 사무직 회사원들이 모이면 이런 타령을 주야장천 한다. "뭐라도 기술을 배웠어야 하는데……" 이런 건 이젠 클래식이다. 최근 버전은 "그때 그것(집, 땅, 주식, 코인)을 샀어야 했는데……" 가 추가됐다고나 할까.

그렇지만 그 누구도 진짜로 새로운 기술에 도전하거나, 무언가에 과감하게 투자하는 경우는 잘 없다. 종합하자면 내가 아는 한 대부분의 회사원들은 회사원이 된 걸 후회한다고 말하지만 그 누구보다 성실하게 궤도를 이탈하지 않고 자기 자리를 지킨다. 후회하고 또 후회하면서.

이렇게 주변 사람들과 대화하며 슬럼프를 극복해보려 하

지만 거기서도 대체로 뾰족한 답을 찾기는 어렵다. 보통은 처음부터 재미를 포기했다거나 나처럼 자신만은 다를 거라 확신하다 큰 상실감을 경험한 경우를 확인할 뿐이다. 그럼에도 이야기를 주고받으면서 한 가지 특이점을 발견할 수 있었다. 분명 우리가 몸담은 곳은 제각각인데도 이상하게 비슷한 좌절(보상이 적어서, 평가가 박해서, 책임이 과해서)을 겪었다는 사실이다.

사회 초년생 시절, 현장에서 만난 선배들은 자신이 몸담은 업계나 회사가 그리 오래 다닐 만한 곳은 아니라며 씁쓸한 표정을 지었다. 그런데 희한하게도 대부분이 그랬다. 우리 정도면 괜찮다는 말은 거의 들어본 적이 없고, 전혀 다른 분야에서 일하는 친구들도 비슷한 경험담을 풀어놓았다.

과업도 환경도 다른데, 모두가 하나같이 냉소한다는 게 이상했다. 그건 아마도 좋은 일터가 드물기 때문일 테다. 이제는 안다. 그들이 어떤 일들을 겪어왔고, 그래서 어떤 마음으로 냉정하게 얘기했는지를 말이다. 어쩌면 나도 신입들 앞에서 이미 냉소하는 얼굴을 하고 있는지도 모른다고 생각하니 인정해야 할 것 같다. 일이 재밌고 보람차다는 건 '따뜻한 아이스아메리카노' 같은 모순에 불과하다고.

어쩌다가 이렇게 되었을까? 우리는 자라면서 일이란 가치 있는 거라고 배웠다. 그렇게 믿도록 교육받았다. 그리고 나는 그 교육에 깊이 감화된 사람이었다. 일에 관해서만큼은 이상주의자였다. 미국의 노사관계 연구자인 존 버드 교수에 따르면 일을 정의하는 개념에는 총 열 개의 갈래가 있다고 한다. 저주, 자유, 상품, 직업시민권, 비효용, 자기실현, 사회적 관계, 보살핌, 정체성, 봉사. 그때의 내게 이중에서 일이 무엇이라고 생각하는지 물었다면 자기실현과 정체성, 사회적 관계와 자유라고 답했을 것이다. 일은 자아실현이 아니라고들 하지만, 작은 재능을 갈고닦아 자기만의 자리를 만들어내는 건 결코 자기와 분리될 수 없지 않은가. 들 입(入)에 직분 직(職), 즉 입직入職은 직업에 들어간다는 뜻이지만 나는 오랫동안 설 립(立)일 수도 있다고 생각했다. 세상의 많은 이들과 연결되며 곧게 서 있을 수 있는 자리, 그게 일이라고 여겼다.

궁금했다. 내가 느낀 일에 대한 긍정적 감정이 허무하게 사라져버리고 마는 초기의 열정에 불과한 것인지, 아니면 정말로 지속 가능한 가치인지를 알고 싶었다. 나한테 일은 뭘까, 뭐길래 이렇게 번뇌하고 있을까. 고민 끝에 이렇게 정의 내렸다. 단순한 밥벌이와 꿈의 접점, 그 어디 즈음에 있는 애매한 것이라고. 단순히 월급만 보고 다닌다고 하기에는, 이제껏 해온 노력과 성취가 있다. 그러나 조직은 내 꿈을 대신 이뤄주는 곳이 아니었다. 월급을 받는 한, 회사의 일부로 살아야 한다. 내 슬럼프는 결국 이 모순 속에서 발생한 갈등이었다. 타협점을 찾아야만 했다.

그리고 타협을 위한 기준을 새롭게 세우기 위해 실마리를 찾았다. 나는 과연 언제 일이 즐거웠던가? 그러자 몇몇 장면이 떠올랐다. 그중 가장 먼저 떠오른 건, 볕 좋고 바람 부는 가을날에 잔디밭에서 음악을 즐기며 여유로운 시간을 보내고 있는 사람들의 모습이었다. 어깨를 들썩이며 공연을 보는 이, 너른 풀밭에서 마음껏 뛰노는 어린이들, 그리고 그 풍경을 흐뭇하게, 그러나 조금 긴장한 채로 지켜보는 내가 있다. 필름을 감아 떠올린 다음 장소는 텃밭이었다. 뙤약볕이 내리쬐는 초여름의 한낮, 땀을 뻘뻘 흘리면서도 웃음꽃을 피운 채로 작물을 수확하는 사람들이 보였다. 프로젝트 운영자였던 나 또한 한껏 고양되어, 그들과 함께 흙을 잔뜩 묻히며 수확에 열을 올렸다.

생각은 계속 여기저기로 옮겨갔다. 거기에는 전시장 한가운데서 사람들을 모아놓고 작품을 설명해주던 내가 있었고, 페스티벌 무대 뒤에서 지축이 울릴 만큼 환호하는 사람들의 함성을 흐뭇하게 듣던 순간도 있었다. 분명 일이 재미없다 한탄하고 있었는데, 일하며 보람과 행복을 느끼던 때가 이렇게도 선명하게 각인되어 있다니 새삼 놀랐다.

미술관에 막 입사했을 때 만난 동료 P와의 추억도 떠오른다. 특유의 질박하면서도 애교 섞인 청도 사투리를 구사하는 그는, '걸어다니는 서비스센터'라는 별명이나 일당백이라는 수식어가 과하지 않을 정도로 모든 일에 적극적이었다. 같은 동네에 살았기에 자연스럽게 출퇴근을 함께하며 친해졌고, 일을 할 때도 내가 글을 쓰면 그가 디자인하는 식으로 '쿵짝'이 잘 맞았다.

어느 날 어린이 미술관 개관식을 준비할 때였다. 한참 자료를 찾던 P가 말했다.

"니, 그거 아나? 피냐타라고, 생일 파티할 때 사탕 넣고 터트리는 서양식 박 같은 거. 우리 그거 만들어볼까?"

P는 큰 소쿠리 두 개, 한지, 대나무 막대기만 있으면 된다며 자신만만하게 말했다. 기성품 중에는 우리에게 필요한 크기의 박은 없었고, 몇 없는 업체에 제작을 맡기자니 터무니없이 비쌌기에 나 역시 그 제안에 응했다. 사전 SNS 이벤트, 초청자 선정, 행사장 배치와 비품 구입, 현수막 제작, 현장 진행 스크립트 짜기 등 행사 준비가 쉴새 없이 빠르게 흘러가는

중에 야근을 해가며 피냐타 만들기에 돌입했다.

처음에는 재미있었다. 하지만 녹초가 된 몸으로 밤늦게까지 그걸 만들고 앉아 있자니 어쩐지 처량했다. 불굴의 의지로 거의 완성해갈 무렵, 그 모양은 상상했던 것보다 크기도 작았고 볼품이 없었다. 고민 끝에 P에게 말했다. "저번에 알아본 그 업체에 지금이라도 연락해볼까?" 그는 약간 서운한 눈치였지만 마지못해 동의했다. "그래, 그라자."

행사장엔 철물점표 소쿠리로 만든 행성 모양의 소박한 박과, 번쩍번쩍 금빛 장식을 두른 별 모양 피냐타가 나란히 걸렸다. 박은 쉽게 터지지 않아 의도치 않게 행사 마지막까지 주목을 받았다. 너무 열심히 만든 탓에 제때 터지지 못할 만큼 튼튼한 박이라니. 꼭 의욕이 앞서 애먼 고생을 한 우리 같았다. 아무튼, 준비하는 우리도 즐거웠고 어린이 내빈들이 즐거워했으니 나름 성공적이었다.

이렇게 회사에서의 일화들을 돌아보니 내가 찾는 일의 의미가 더욱 선명해졌다. 손님들이 행복해하는 모습을 보고 기뻐하는 일이나, 평범한 일을 하더라도 좋은 동료와 즐겁게 일하는 것. 즉, 반짝거리는 순간에는 사람이 있었다. 그런 만큼 내가 일에서 향해야 할 곳은 나의 작은 세상과 맞닿은 타인들

굴레도 꿈도 아닌

이었다. 알랭 드 보통이 『일의 기쁨과 슬픔』(2012)에서 의사나 콜카타의 수녀나 과거의 거장만이 일의 의미를 찾을 수 있는 건 아니라고, 비스킷 공장에서 과자를 굽더라도 사람들의 아침 공복을 달랠 수 있다면 그 나름의 의미가 있지 않겠느냐고 말한 것처럼 말이다. 내가 좋아하는 일로 사람들에게 유용하고 뜻있는 것을 줄 수 있고 그러면서도 나를 오롯이 책임질 수 있다면, 그걸로 족할지도 모른다.

물론 일에서 어떤 가치를 추구하는 게, 특히 요즘 들어선 쿨하지 않다는 걸 알고 있다. 우리는 모두 너무 충분히 일해 왔고, 일에 매몰되기 쉬운 환경에 있기에 그렇게 생각하는 게 대세인 것 같다. 워라밸이나 번아웃이 화두인 만큼, 일과 나를 분리하기를 원하는 사람이 그 어느 때보다 많다는 것도 절감하고 있다.

하지만 나는 오히려 역으로, 일의 의미가 무엇인지를 정확하게 알고 있어야 일과 나 사이의 건강한 거리 유지가 가능하다고 믿는다. 어쨌든 회사는 사회적 지위는 물론이고 가장 소중한 고정 수입을 주는 곳이다. 당연히 이곳에서 에너지도 마음도 많이 소진될 수밖에 없다. 그러니 이왕 해야 하는 노동이라면, 그 속에서 내 자리의 의미를 세울 수 있다면 훨씬 좋지 않을까.

쉽지 않다는 건 잘 안다. 정당한 보상과 자긍심을 가질 수 있는 기여도와 직업윤리 모두를 갖춘 일터가 얼마나 되겠는가. 나도 어느덧 직장생활 10년 차가 됐다. 점점 시간이 흐를수록 나는 기성세대이자 누군가의 선배인 게 더 익숙해질 것이다. 그리고 윗세대가 만들어놓은 불합리한 구조와 문화를 영영 탓할 수만은 없게 될 것이다. 그러니 계속해서 냉소하고 싶지는 않다. 크고 작은 부조리 속에서 우리의 영역을 지켜내고 싶다. 내가 하는 일이 세상 누군가에게는 유용하고 뜻있게 다가갈 수 있도록 말이다.

지금보다 더 시간이 지난 뒤에 나는 이런 사람이고 싶다. 일의 의미가 무엇인지 함께 얘기 나눌 수 있는 사람. 하찮고 귀찮은 일 속에서도 그 일만의 가치를 발견하고 풍성하게 꾸려나갈 수 있는 사람. 아직은 일이 재미있다고 말할 수 있는 사람. 그렇지만 일이 인생의 전부는 아니기에, 여유를 갖고 일 바깥의 자신도 돌볼 수 있는 사람. 그래서 사는 게 즐거운 사람.

얼마나 오래 일할 수 있을지, 아니 얼마나 오래 일해야 할지 알 수 없는 세상이다. 수명은 늘고, 세상은 너무 빨리 바뀌어 많은 일이 사라지고 태어나기도 한다. 마치 내 이름 뒤에

꼬리표처럼 따라붙었던 직함처럼. 그 이름들은 계속해서 존재할 수도 있고, 갑자기 혹은 서서히 사라질 수도 있다. 그러나 살아 있는 한은, 그 이름의 위치와 권력과 관계없이 나에게도 가치 있고 타인에게도 도움이 되는 일들을 이어가며 살고 싶다. 굴레도 꿈도 아닌, 그 경계를 가로지르며 나와 세상을 연결해주는 일을 할 수 있는 한 최선을 다해 사랑하며 살고 싶다. 그렇게 다짐하며 오늘도 내일도 출근하고 퇴근할 것이다.

둘,
나만의 공간을 찾기

타의에 의해 떠나지 않아도 되는 곳이 생기자
매일 새로운 발견의 연속이었다.

라테가 고소한 카페, 신선한 꽃을 살 수 있는 화원,
값싸고 질 좋은 식재료를 파는 가게를
걷기 좋은 산책로를 따라 누비기 시작했다.

서울러 되기 실패담

나는 1989년 3월 부산에서 태어났다. 그곳은 내 조부모가 살았고, 아버지의 고향이었으며 동시에 나의 고향이 된 도시다. 이후로도 경상 권역을 벗어난 적이 없지만 10대 시절에는 스스로를 경상도 사람이라 여기지 않았다. 생생하게 너울지는 파도처럼 성조가 살아 있는 사투리를 쓰면서도, 돼지국밥을 소울푸드로 여기면서도 굳게 믿었다. 언젠가 서울에 가서 서울 사람이 될 거라고. 머리가 굵어지기 시작한 때부터 꿈은 한결같았다. 이곳을 벗어나는 것.

그러니 유일한 희망은 대학 진학이었다. 상경을 위해서 필요하기도 했지만, 소위 말하는 '좋은' 학교는 모두 서울에 있었으니까. 모범생 노선을 택한 건 합리적인 선택이고 치밀한 전략이기도 했다. 의지가 약해질 때면 과외 선생님의 말을 생각했다.

"스무 살 되어서도 여기서 놀고 싶니? 그건 좀 아니지 않니? 그것보다는 홍대에서 노는 게 더 좋을걸. 서울에는 진짜 재밌는 게 많아. 여기랑 달라."

어색한 서울말을 구사하는 선생님의 얼굴에는 그 어느 때보다 단단한 확신이 어렸다. 반박할 수 없었다. 나도 그렇게 믿고 있었기 때문이었다. 친구와 고개를 끄덕이며 군말 없이 수학 문제를 풀었다.

하지만 인생이 계획대로 될 리가 없었다. 어정쩡한 실력도 문제였지만 희미한 의지가 더 문제였다. 나란히 수학 문제를 풀던 친구는 서울이 아니면 죽음뿐이라며 상경했지만 나는 부모님의 설득에 울면서도 승복하고 말았다. 서울에 가야 할 이유는 하나뿐인데, 가지 말아야 할 이유는 몇 가지였다. 두 살 터울 남동생이 있었기에, 형편상 사립대 진학은 무리였다. 게다가, 여자애는 웬만하면 서울에 보내지 말라는 말이 꽤 유의미한 조언으로 여겨지는 동네였다. 그저 그런 서울의 학교에 진학하는 것보다는 가까운 국립대가 여러모로 합리적인 선택으로 보였다. 역시 반박할 수 없었다. 조용히 부모님의 뜻을 따를 수밖에.

　패배감에 젖은 채로 시작한 대학생활이 즐거울 리 만무했다. 자발적 아웃사이더로 살며 수업이 끝나면 얼른 학교를 빠져나가곤 했다. 그래도 수업만큼은 착실히 들었더니 다행히 좋은 친구들을 만났다. 모두 각자의 사정으로 이곳에 진학한, 소위 말하는 K-장녀들이었다. 더 정확하게는 경상권 K-장녀였다. '서울 보내면 여자아들 다 배린다더라' '느그 동생도 생각해야지'라는 말을 귀에 딱지가 앉도록 들은. 알고 보니 지방의 국공립대에 진학한 여학생들은 대체로 비슷한 경험을 했다는 걸 그들을 만나고서야 알게 됐다. 비슷한 처지에서 우정이 싹텄고, 친구들 덕분에 학교에 적응할 수 있었다.

　두번째 기회는 생각보다 빨리 찾아왔다. 다른 지역의 국립대에서 수업을 듣고, 학점도 인정받을 수 있는 '국립대 학점교류 프로그램'에 참가하게 된 것이다. 여름 계절학기에 제주도로 가서 스킨스쿠버 교양수업을 듣는 옵션도 있다기에 잠깐 솔깃했지만 이내 마음을 다잡았다. 무조건 서울이어야만 했다. 그렇게 스물둘에 첫 상경을 했다.

　과연 선생님 말처럼 서울은 달랐다. 달라도 너무 달랐다. 과장 좀 보태서, 한국어를 하며 산다는 것만 같다고 느낄 정도였다. 그리고 모든 것들이 너무나 많았다. 사람도 물건도 건물도, 하물며 가로등과 광고판까지도. 어느 날 길을 걷다 문득 그런 생각이 들었다. 나에겐 없는 게 너무나 많다고. 한 번도 느껴보지 못한 거대한 결핍이 덮쳐왔다. 처음으로 외로웠다.

하지만 돌아가고 싶지는 않았다. 운 좋게 이곳에서 나고 자라 평생 이 인프라를 당연하게 여기며 살아온 사람들처럼 되고 싶었다. 쉽게 누릴 수 없었던 문화자본을 속성으로라도 익히고 싶었다. 게다가 하고 싶은 일이 참 많았다. '서울에 간다면' 혹은 '서울에서'로 시작하는 문장이 모여 책 한 권이 될 지경이었으니까. 그래서 스케줄은 언제나 꽉 차 있었다. 머무르는 시간 동안 할 수 있는 모든 것들을 다 시도했다. 상상만 했던 일을 해볼 수 있는 기회가 곳곳에 넘쳐났다. 온갖 것들이 다 집어 삼켜지는 용광로 같은 도시에 몸을 던져 녹아들고 싶었다. 만원 전철에 아무렇지도 않게 몸을 구겨넣고, 최대한 빠른 환승을 위해 몇 번 칸의 객차에 탈지를 더는 검색하지 않아도 될 때쯤엔 묘하게 뿌듯했던 것 같다. 이 도시에 익숙해졌다고, 비로소 서울 물 좀 먹은 사람이 됐다고.

1년 반의 짧은 체험 기간이 끝나고 다짐했다. 언젠가 반드시 서울에서 자리잡을 테니 애써 익힌 서울말과 지하철 노선도를 까먹지 말자고. 부산으로 돌아가서 나는 낯선 사람 앞에서 가끔 시험 삼아 서울말을 썼고, 미디어에서 서울의 어느 동네가 나오면 아무도 듣지 않아도 알고 있는 정보를 되새김질했다. 잊고 싶지 않았다. 내가 갈 곳은 정해져 있다고 믿었다. 준비도 착실히 했다. 다시 서울 사람이 되는 건 시간문제일 뿐이었다. 그렇게 믿었다.

그후 어떻게 되었냐고? 30대 중반인 지금은 경상도에 산다. 어떻게 된 거냐고 묻는다면 할 말이 많기도, 적기도 하다. 그뒤로 서울에 가지 않은 것은 아니었다. 그러나 얼마 지나지 않아 다시 남쪽으로 돌아왔다. 그리고 다시 떠나지 않았다.

낙향落鄕. 떨어질 낙, 고향 향이라는 단어처럼, 한동안 나는 내가 '떨어졌다'고 생각했다. 덜 떨어지고 끈 떨어지고 밑천도 떨어졌다고. 서울에 자리를 잡은 친구들은 하나같이 올라오라고 말했다. 웬만큼 제대로 된 일자리가 없으니 거긴 버려진 땅이라고, 우리 같은 장녀는 고향에서 최대한 멀리 떨어져야 그나마 살길이 열린다고 우스갯소리를 하기도 했다. 그 말에 깊이 공감했지만, 끝까지 시도하지는 않았다.

이유는 많았다. 그중에서도 가장 큰 이유는 너무 지쳤기 때문이었다. 숨 좀 쉬고 살고 싶었다. 월세 내면 남는 게 없는 박봉을 받으면서, 방 한 칸에 겨우 몸을 누이는 생활을 언제까지 할지 몰라 불안해하고 싶지 않았다. 유리보다 더 얇은 지갑 사정에 마음마저 곤궁해질 때면, 다른 무엇보다 서울이 고향이라 주거 걱정을 하지 않아도 되는 또래가 제일 부러웠다. 별다른 기술도 자본도 없으면서 대책 없이 박봉인 업계로 이력을 쌓은 나에게 서울은 불안 요소가 너무 많았다. 비슷한 조건이면 안정과 여유라도 누리고 싶었다. 다행히 때맞춰 대안이 나타났다. 부모님이 있는 도시의 공공기관에 자리가 났다는 소식이었다. 잠깐 망설였지만 드문 기회를 놓칠 수는 없었다. 해보고 아니면 다시 떠나자. 그러나 떠나지 않았다. 그렇게 정착했다.

이제와 돌이켜보면 그렇게까지 서울에 집착했다는 게 의아하다. 대체 나에게 서울은 뭐였을까. 그곳을 처음 동경하게 된 때가 언제였을까. 텔레비전 뉴스에서 명동이나 신촌, 대학로 같은 서울 동네 이름이 당연하다는 듯 설명 없이 나올 때? 아니면 세련되고 잘생긴 사람들이 모두 서울말을 쓰는 걸 봤을 때? 선생님과 어른들이 힘주어 서울에 있는 명문대를 나와야 한다고 가르쳤을 때? 좋아하는 밴드의 공연을 보려면 항상 서울에 가야 했을 때? 뾰족하게 하나로 집히지는 않는 수많은 순간들이 떠오른다. 아마도 그런 것들이 켜켜이 쌓이고 쌓여, 서울이라는 환상이 내 안에서 만들어졌는지 모르겠다.

그렇지만 그게 꼭 나 혼자만의 환상은 아니었다. 모두는 아니겠지만 주변 사람들은 서울에 대한 동경과 열등감을 조금씩은 갖고 있었다. 아버지는 '눈 뜨고 코 베이는 곳이 서울'이라며 살아보지도 않은 도시를 거칠게 평했으나, 그래도 성공하려면 서울, 그것도 특히 사대문 안의 학교에 진학해야 한다고 말했었다. 부산에서 같이 일하던 동료는 "서울에서 성공해 나중에 고향에서 여유롭게 자리잡겠다"고 말한 뒤 이직했다. 그런 식이었다. 우리가 딛고 선 땅은 언제나 미래가 없었다. 당연했다. 세상이 말하는 '괜찮은 삶'의 기준이 서울에 있었고, 평생 그 기준을 내면화해왔다. 그게 나를 상경 레이스에 뛰어들게 한 본질 아니었을까.

세상에는 수많은 서울이 있다. 뉴욕, 도쿄, 런던, 파리 등. 그런 큰 도시는 사람들을, 특히 꿈을 좇는 젊은이들을 강렬하게 빨아들인다. 그러나 모두에게 자리가 주어지는 건 아니어서 누군가는 떠나온 곳으로 돌아가기도 한다.

미국의 소도시 새크라멘토를 벗어나려 애쓰며, 자신이 지은 예명인 '레이디 버드'로 불리기를 원하는 소녀가 있다. 영화 「레이디 버드」(2018)는 크리스틴의 새크라멘토 탈출기를, 정확히는 '뉴요커 되기'의 과정을 그린다. 고향과 가족을 지겨워하면서 뉴욕행을 고집스럽게 강행하는 크리스틴의 모습에 10대 시절의 내가 겹쳐 보여 영화를 보는 내내 마음이 소독약을 바른 것처럼 따끔거렸다. 마지막 장면에 이르러서는 심장이 쿵 내려앉았다. 크리스틴은 엄마에게 전화를 걸어 "엄마도 새크라멘토 거리를 처음 운전할 때 감상에 젖었어?"라고 묻고는 고백한다. "난 그랬어"라고. 크리스틴은 평생 지나다니던 그 길들, 가게와 건물들이 정겹게 느껴지는 감정을 직시하고 받아들인다.

무언가를 애틋하게 그리는 마음은 떠나려 애쓴 사람에게만 주어지는 작은 증표다. 나는 떠나려 했고 되돌아왔다. 그 작은 증표를 등대 삼아 돌아올 수 있었다. 익숙한 거리를 지나가다 유년 시절의 골목과 가게 풍경을 떠올리며 생각한다. 돌고 돌아 결국 여기지만, 이곳을 줄곧 사랑해왔기에 남은 미련은 없다고.

언젠가 그런 상상을 한 적이 있다. 지금의 내가 열다섯의 나를 만난다면, 나는 무슨 말을 해줄까? 멀리 떠나는 게 꿈이었던 소녀에게 "나중에 부모님하고 겨우 15킬로미터 정도 떨어진 곳에 산다"고 하면 그 애가 어떤 반응을 보일까. 아마도 실망하겠지.

그렇지만 이렇게 얘기해주고 싶다. 산다는 건 자기만의 가치와 기준을 만들어가는 일인데 너는 그걸 해내게 될 테니 걱정하지 말라고. 생각지도 못한 곳에서 뿌리내리며 생각보다 더 재미있게 살게 되니 기대해도 좋다고. 그러니 앞으로도 죽, 어디에 있든 너의 삶을 살면 된다고 말이다.

울타리 없는 집

고향이라는 단어가 낯설 정도로 이사가 잦은 유년기를 보냈지만, 기꺼이 고향이라 불러도 좋을 만큼 긴 시간을 보낸 집이 있다. 경상남도 창원시 의창구 도계동, 1992년도에 준공된 한 동짜리 복도식 아파트의 11층 2호는 우리 가족이 9년을 살았던 곳이다. 여섯 살 때부터 열다섯 살 때까지, 유치원과 초등학교 그리고 중학교 진학까지 함께했던 이 집의 시간은 그다지 밝기만 한 것은 아니었다. 드문드문 기억나는 것들이라면 IMF, 아빠의 실직, 누렇게 뜨고 찢어진 벽지처럼 들추고 싶지 않은 것들이 대부분이니까. 그럼에도 나는 그 시절을 꽤 오래 그리워했다. 그건 아마도 여기가 '울타리가 없는 집'이었기 때문이다.

이 집은 1990년대 초에 지어진 복도식 아파트였는데, 복도식 아파트의 특이점이라면 내 현관문 앞이 이웃의 통행로가 된다는 점일 것이다. 가령 제일 끝 집인 1호에 산다면 중간 통로부터 5호, 4호, 3호…… 같은 식으로 차례로 이웃집 현관을 지나쳐야만 집에 도착할 수 있다. 중간 즈음의 집에 산다면 내가 이웃집을 지나치는 것뿐만 아니라, 남들도 우리 집을 지나다닐 수밖에 없다는 사실을 받아들여야만 한다. 게다가 대부분의 복도식 아파트는 방 또는 부엌이 복도 측에 접해 있고 창문 또한 복도 방향으로 나 있다. 밤낮 가릴 것 없이 낯선 그림자가 창문에 불쑥 비치며 지나간다. 한마디로 사생활 보호에 매우 취약한 구조다.

요즘에야 복도식으로 짓는 아파트는 거의 없지만, 당시에는 꽤 보편적이었던 모양이다. 사생활에 대한 개념도 희박했을뿐더러 '가까운 이웃사촌이 최고다'라는 정과 품앗이의 문화가 그래도 두텁게 남아 있던 때였으니 더 그랬던 걸까? 아직도 아이들이 학교에서 이 동요를 배우는지는 모르겠으나 나는 이 노랫말을 아주 선명히 기억한다.

'아랫집 윗집 사이에 울타리는 있지만 / 기쁜 일 슬픈 일 모두 내 일처럼 여기고 / 서로서로 도와가며 한집처럼 지내자.'

노랫말에는 울타리가 있다고 했지만, 내가 경험한 정서는 울타리가 없는 것에 가까웠다.

그 시절 가장 가깝게 지낸 이웃은 1호에 살았던 아영이네였다. 아영이네에는 부모님과 외동딸 아영이 세 식구가 살았다. 아영이는 남동생과 동갑내기인 여자아이로, 통통하고 귀여운 외모에 붙임성 좋고 애교 많은 성격으로 우리 남매와 금세 친해졌다. 부모님들도 마찬가지로 마음이 잘 통했는지 자주 왕래하며 지냈다. 기름 냄새라도 좀 날라치면, 어린이들은 고사리손으로 엄마가 시킨 대로 그릇을 배달하곤 했다. 갑작스러운 상황이 생겨 집에 들어갈 수 없는 때면 서로의 대문을 서슴없이 두드리기도 했다.

데칼코마니처럼 똑같은 구조이건만, 아영이의 집은 우리 집과는 사뭇 다른 모양을 하고 있다는 게 신기했다. 남의 집인데도 어쩐지 그곳이 꽤 편안했다. 굵은 등나무를 엮어 만든 천 소파와 앞뒤로 불룩하다 못해 거대한 컴퓨터 모니터, 미제 플라스틱 쌀통 같은 세간살이 하나하나가 눈에 선하다. 그곳에서 우리는 하교 후 만화영화를 보고 소꿉장난을 하고 때때로 의미 없는 숨바꼭질도 했다.

한편 3호에 살았던 선희 언니네도 친하게 지냈던 이웃이다. 선희 언니는 공부를 잘하기로 유명했는데, 나와는 나이

요즘 복도식 아파트는 거의 없지만,
1990년대에는 꽤 보편적이었던 모양이다.
사생활에 대한 개념도 희박했다.

　　　　울타리 없는 집

터울이 제법 있었기에 오며 가며 얼굴을 보는 게 전부였는데도 나는 그 집 사정을 소상히 알고 있었다. 아마도 선희 언니네가 비가 오거나 특별히 추운 계절을 제외하고 늘 현관문을 활짝 열어두었기 때문이었던 것 같다. 대나무 발이 드리워진 현관 너머로 가족들의 목소리가 어렴풋이 들려오고, 일찍 하교하는 날이면 현관 근처에 소담하게 모여 담소를 나누던 이웃 아주머니들의 얼굴을 어렵지 않게 볼 수 있었다.

내가 선희 언니네에 대해 아는 만큼 선희 언니의 엄마도 나에 대한 많은 디테일들을 알고 있었다. 내가 계단참에 서서 에어 피아노를 연주하는 모습을 가장 먼저 유심히 목격했던 사람이었으니까. 그 목격담이 엄마 귀로 흘러들어간 덕분에, 여덟 살 생일 선물로 피아노를 받기도 했다.

좋은 이웃이 있었던 만큼 서로 얼굴을 붉혔던 이웃도 없지는 않았으나, 나는 이웃 어른들을 대체로 신뢰할 수 있는 타인이라고 배우며 자랄 수 있었다. 어릴 적 내게 이웃은 최대한 피하고 싶거나 알고 싶지 않은 낯선 이가 아니라 가까이 있어 도움을 주고받을 수 있는 존재였다. 그건 집을 바라보는 관점에도 꽤 많은 영향을 주었다. 외딴 섬이나 산속의 고립된 프라이빗 하우스에 살지 않는 이상, 이웃은 곧 집의 일부가 될 수 있다는 사실을 깨달았으니 말이다.

특히 벽과 바닥을 공유하는 한국의 아파트에서는 두말하면 입 아픈 얘기다. 집은 고를 수 있어도 양옆과 위아래에 사는 이웃을 선택할 수는 없다. 브랜드와 로열층을 고르고 골라도, 층간소음과 그 밖의 사소한 갈등 유무는 랜덤이다. 겪어보지 않고선 말할 수 없다는 층간소음의 고통이며 이웃 간의 트러블에 대해서 섣불리 말하고 싶지는 않다. 게다가 흉흉한 세상이다. 서로의 존재와 마주치는 걸 최대한 피하고 싶은 마음도 십분 이해한다. 나 역시 혼자 사는 여성으로서 그 마음에 백번 천번 공감할 수밖에.

세상은 너무 많이 변했다. 유년기에 좋은 이웃 관계를 경험했음에도 그건 그저 옛날에 대한 아련한 향수일 뿐, 나조차도 이제 더는 그런 이웃을 알고 지내며 살 일이 크게 없다는 생각을 한 지 오래다.

다만 그 집에 살았던 경험으로부터 한 가지 배운 게 있다면, 내가 다른 이의 배경이 될 수 있다는 것. 집은 사적인 공간이지만 타인을 위한 배려와 규칙도 필요하다. 거창한 호의를 베풀 필요도 없이 그저 기본적인 예의와 선을 지키는 것만으로도 오늘날 우리가 이웃으로 해야 할 도리는 할 수 있지 않을까?

그 시절, 비록 우리 집안은 어둡고 힘들었으나 주변의 이웃들이 만들어준 바깥의 풍경은 제법 밝고 따뜻했다. 저마다의 자리에서 고군분투하며 오종종한 어린이들을 키워내는 가족들이 살았던, 그 작고 작은 한 동짜리 복도식 아파트를 생각할 때 이상하게도 고향이라는 단어가 떠오르는 건 그 때문이리라. 서로 울타리가 되어주던, 1호와 3호를 이웃한 2호의 그때 그 시절이 가끔은 그립다.

생각해본다. 이제는 다 자란 내가 그런 어른이 될 수 있다면, 혹은 누군가에게 그런 이웃이 될 수 있다면 좋겠다고 말이다.

몇 해 전 왼쪽 팔꿈치가 골절됐던 적이 있다. 수술까지 권유받을 정도로 크게 부러져, 엑스레이 사진으로 선명하게 금이 보일 정도였다. 뼈가 온전히 붙을 때까지 석 달간 두꺼운 통 깁스를 하고 있어야 했다. 상상도 못한 불편함이었다. 당장 몸을 씻고 옷을 입는 일부터 이런저런 집안일이나 운전까지 모두 새로 익혀야 했다.

다행히 내게는 구원투수가 있었다. 당시 같이 살고 있던 룸메이트 K다. K 언니는 5년 넘게 가던 나의 단골 미용실 디자이너였는데, 어쩌다보니 급속도로 친해져 친구에 룸메이트까지 된 인연이었다. 미용실 의자에 앉으면 잘 모르는 사이라도 얼마나 많은 이야기를 주고받을 수 있는지 아마 알 사람은 알 것이다. 언니는 함께 산다는 이유만으로 기꺼이 나의 손발이 되어주었다. 집안일을 도맡는 건 물론이고, 낯설고 불편한 몸에 익숙해질 때까지 자잘한 것 하나까지도 돌봐줬다. 덕분에 끼니를 거르지 않았고, 깨끗한 집에서 생활했으며 출퇴근도 평소처럼 할 수 있었다. 그제야 깨달았다. 사람은 완벽히 혼자로 살 수는 없다는 것을.

가만히 헤아려보았다. 만일 룸메이트가 없었다면 누구에게 도움을 받았을까. 엄마였을까. 그 밖에는 도통 떠오르는 얼굴이 없었다. 친구들은 서울처럼 한참 먼 곳에 살았다. 오래 알고 지낸 소중한 친구들이고 어려운 일이 생길 때마다 기꺼이 응원해주었지만 멀리서는 도와줄 수 없을 터였다. 결론적으로 내게는 일상의 안전망이 없었다. 그전까지는 가까이에 친밀하게 지내는 사람이 없다는 걸 심각하게 생각하지 않았지만 몸이 아파보니 그게 아니었다. 아마 앞으로 나이가 들어갈수록 서로 도움을 주고받을 수 있는 가까운 이웃이 절실해질 거라는 확신이 들었다.

지금도 이 문제의 답을 구하지 못했다. 나를 드러내는 일이 안전하지 않다고 느껴왔고, 보이지 않는 유령처럼 사는 게 생존 방식인 탓에 뾰족한 방법을 찾지 못했다. 과연 나와 같은 갈증을 느낄 사람이 얼마나 될까. 느슨하면서도 가깝게 지낼 이웃을 발견할 수 있을까. 아직은 모든 것들이 안개 속에 가려져 있는 것만 같다.

일본 드라마 「나기의 휴식」(2019)이 생각난다. 스물여덟 살 평범한 회사원인 나기는 갑작스러운 사건으로 회사를 그만두고 외곽의 어느 낡은 아파트로 이사하게 된다. 진짜 자기를 찾겠다며 혼자서 짐 보따리 하나 덜렁 매고 온 그에게 새로운 인연들이 찾아든다. 길에서 동전을 줍고 다닌다는 이유로 괄시받지만 실은 단정한 삶을 꾸리며 노후를 즐기는 윗집 미도리 할머니. 친구와 어울리기 위해 다른 성격을 연기할 정도로 조숙하지만 나기에게 만큼은 진심을 보여주는 열두 살의 우라라. 지역 고용센터에서 알게 되어 우정을 쌓다가 훗날 동업까지 꿈꾸게 되는 동네 친구 료코. 그밖에도 다양한 이웃들이 나타나 함께 울고 웃으며 나기의 성장을 돕는다.

너무 이상적인가 싶기도 하지만 나에게도 그런 이웃이 있다면 하고 바란다. 혼자 사는 나기에게 힘이 되는 건 멀리 있는 엄마가 아니라 벽과 천장을 사이에 두고 이웃한 가까운 사람들이다. 그런 사람들이 곁에 있다면, 혼자의 삶이 조금은 더 풍요로워지지 않을까?

그러니 포기하지는 않겠다. 분명 어딘가에는 나와 같은 고민을 하는 이들이 있을 테고, 결국 서로를 발견하게 될 것이라고 믿는다.

내게 이상적인 이웃이란 창문과 같다. 창문을 통해 바람과 볕을 안으로 들이면 공간이 더욱 풍요로워지는 것처럼, 가만히 고여 있는 나를 환기하는 존재 말이다. 그래서 가능하면 다양한 빛깔과 모양의 창을 갖고 싶다. 그 창을 통해 만난 세상은 좀더 다채로울 테니까. 그 옛날의 울타리가 없는 집과 같진 않더라도 맛있는 음식과 즐거운 일을 나누고, 그 힘으로 슬픔과 아픔을 이겨낼 수 있는 사이가 된다면 좋겠다. 그렇게 언젠가는 서로서로 울타리가 되어줄 수 있는 이들을 만나, 새로운 방식으로 함께 살아가고 싶다.

나의 동네를 찾아서

2021년 봄이었다. 집주인에게서 전화가 걸려왔다. 계약기간 보다 앞당겨 이사를 나갈 수 있겠느냐는 부탁이었다. 새로 바뀐 임대차보호법으로 계약갱신요구권을 쓰면 3년 정도는 무리 없이 더 머무를 수도 있었지만, 그런 것까지 염두에 둔 집주인은 직계가족의 실거주권 카드를 내밀었다. 협상의 여지가 없었고, 그럴 의지조차 사라졌다.

사실 물러서기에 좋은 타이밍은 아니었다. 전세가율이 90퍼센트에 육박하고 깡통전세가 심심찮게 보였으며, 집값이 반짝 올라서 집을 팔고 싶은 사람은 많고 사고 싶은 사람은 적은 시장이었다. 그러나 나한테는 그때가 적기겠거니 믿었다. 어차피 실거주라 집값이 오른들 내린들 큰 관계가 없었고, 무엇보다 가장 중요한 건 안정된 주거 환경을 갖는 거였으니까.

　그렇다면 제일 먼저 어디서 살고 싶은지를 정해야 했다. 당시 살던 곳은 김해 장유 대청동이었다. 전세가가 말도 안 되게 쌌고, 주변 환경도 나쁘지 않았다. 직장도 그리 멀지 않았고 하천이며 산이 가까워 자연환경이 괜찮은 편에 속했다. 그만큼 아주 조용한 동네였고 상권이나 번화가와는 거리가 있었다. 그래도 큰 문제는 없었다. 생필품 조달은 인터넷 쇼핑이나 마트 배달을 이용하면 그만이었고, 집은 잠과 휴식의 공간에 불과했으니까. 무엇보다도 집 바로 뒤에 있는 깊고 너른 계곡에서 사시사철 흐르는 물소리와 여름 새벽의 뻐꾸기 소리를 사랑했다.

　그러나 새집을 구할 때 이 동네는 자연스럽게 배제했다. 가장 큰 이유는 '걸어서 다닐 수 없는 동네'라는 점 때문이었다. 무슨 말인가 하면, 이곳은 전형적인 '차 중심'의 신도시였다. 앞서 말했듯 조용하고 번화가가 멀다는 것이 장점이기는 했으나, 모든 것이 애매한 거리에 있는 탓에 어디든지 차를 가지고 나가야 했다. 그건 아마도 내가 걷기에 익숙하지 않고 게으른 인간이어서 그럴 수도 있겠지만, 기본적으로 이 신도시의 교통체계 자체가 차를 중심으로 한다는 것이 너무 명백했다.

그 증거로 내가 느낀 점은 다음과 같다. 거주민 대부분 자동차를 가지고 있다는 것(차 없는 생활이 불편하다는 것을 방증한다), 그래서 대중교통 인프라도 매우 빈약하며(버스 배차 간격이 평균 30분 정도에 달한다), 모든 것을 신도시 안에서 해결할 수 있을 정도로 편의 시설을 갖추기는 했지만 베드타운인 탓에 결국 생활권은 정작 이웃 도시인 창원이라는 점 등이다.

사실 이런 단점이야 차가 있으면 얼마든지 상쇄되는 부분이기도 했다. 어차피 나에겐 차도 있고, 운전에 능숙해서 큰 문제는 없었다. 그럼에도 오래 살고 싶지는 않았다. 만약의 일이긴 하지만 운전을 할 수 없는 상황이 된다면? 그런 가정을 해보았을 때 분명 불편함을 겪을 것 같았다(그리고 실제로 얼마 지나지 않아 그런 일이 생겼다).

그리고 이 동네와 저 동네가 자연스럽게 연결되는 일반적인 구도심과 달리, 신도시는 집값과 개발 시기에 따라 지구별로 분위기가 전혀 다르다는 점이 정서적으로 편안하지 않았다. 비슷한 계층과 부류의 사람들이 모여 사는 그림이 어쩐지 이상하고 이질감이 들었다. 특히 대부분이 기혼 유자녀

가족인 무리에서 내가 외톨이같이 느껴질 때가 많았다. 누군가는 그 속에서 편안함을 느끼겠지만, 특유의 획일적인 도시개발과 인구구성은 취향도 아니거니와 라이프스타일과도 맞지 않았다.

그래서 집을 구할 때 가장 중심을 둔 것은 두 가지, 걸어서 다닐 수 있을 만큼 대중교통 인프라가 갖추어져 있는가, 동네와 동네 간 연결이 비교적 자연스러워 다양성과 확장성이 있는가였다.

첫번째 조건에서 자연스럽게 '경전철 라인'으로 범위가 좁혀졌다. 부산김해경전철은 김해 삼계부터 김해공항을 지나 부산 사상까지 연결되는 지상철로, 버스 배차가 다소 빈약한 도시에서 제법 중요한 교통수단 중 하나다. 소위 말하는 역세권을 선택한 것이나 다름없긴 하지만 교통 연결망이 비교적 촘촘하지 않은 지방 소도시의 역세권은 수도권과는 확연한 차이가 있어서, 역이 가깝다는 이유로 가격이 크게 뛰지는 않았다. 그래도 교통수단이 하나 더 있는 것은 분명한 장점이라 굳이 배제할 이유가 없었다.

재미있는 것은 첫번째 조건을 맞추고 나니 두번째 조건은 자연스럽게 충족됐다는 거다. 내가 느꼈던 고립감은 결국 대중교통 측면에서 연결성이 자연스럽지 않아 발생했던 문제였던 셈이다. 걸어서 또는 대중교통으로 서로 쉽게 오갈 수 있는 동네에는 자연스럽게 다양한 사람이 섞이는 분위기가 형성되어 있었고 그 점이 퍽 마음에 들었다. 해반천을 따라 오래된 유적과 관광지, 이주민 거리, 백화점과 상점가 등이 혼재된 모습이 훨씬 더 매력적이고 편안하게 느껴졌다. 이 도시에서 살고 싶은 곳을 고른다면 여기라는 확신이 들었다.

사실 처음 이 도시에서 일하게 되었을 때, 내가 이곳에서 이렇게 오래 살게 될 거라곤 단 한번도 생각한 적 없었다. 나고 자란 고향도 아니고, 부모님이 이곳으로 이사오시게 된 것도 대학 입학 이후라 전혀 아는 바가 없었다. 오랫동안 우리 가족의 생활권은 김해 바깥에 머물러 있었다. 등본상의 주소지는 김해였고 나는 김해 시민이었지만 이 도시의 일원이라는 정체성을 받아들이기까지는 꽤 오랜 시간이 걸렸다.

종종 만나는 토박이들이 지명이나 동네 얘기를 하면 잘 알아듣지 못하면서도, 이곳을 알아갈 의지조차 없었다. 오히려 그 무렵 더 익숙하게 외웠던 것은 다시는 돌아가지 않을 서울의 어느 환승역들이었다.

돌이켜 생각해보면 두루뭉술한 편견과 내 안에서 종결되

지 못한 욕망들이 종합적으로 뒤엉켜 있었다. 주거지, 직업, 외모처럼 겉으로 보이는 것이 곧 내가 된다는 신념에 사로잡혀 있었던 20대에는 사다리를 올라가는 일이 가장 중요했다. 꼭대기는 아니더라도 할 수 있는 만큼은 올라가야 한다고 믿었고, 그게 젊은 날에 이루어야 할 가장 중요한 일이라 여겼다. 그러니 지방 소도시는 적합한 삶의 무대가 아니었다.

그러나 막상 이곳에서 살아가며 쌓인 시간이 결국 나를 정착시켰다. 좋은 동료와 친구들을 알게 되었고, 직업적으로도 새로운 시각과 경력을 갖게 되었으며, 전혀 기대하지 않았던 여유로운 라이프스타일도 경험하게 되자 서서히 마음이 열렸다. 그 과정에서 내 삶은 다른 어떤 곳이나 미래에 있는 것이 아니라, 지금 여기에 있음을 깨달았다. 그제야 이 도시의 매력이 조금씩 보이기 시작했다. 처음으로 플랜 B를 짜지 않고, 오로지 이곳에서의 삶을 위해 동네를 찾아나서게 되었다.

최종적으로 낙점한 동네는 김해시 구산동이다. 앞서 설명한 주요 이유들을 포함해, 여러 조건이 나를 이곳으로 불러들였다. 직장에서 집까지 마음만 먹으면 걸어서 갈 수 있는 가까운 거리, 언제든 산책 가능한 도심 하천과 너른 공원, 왕릉과 박물관이 있는 고즈넉한 유적지, 가까운 번화가와 대

언제든 산책 가능한 도심 하천과 너른 공원,
왕릉과 박물관이 있는 고즈넉한 유적지 등
내가 좋아하는 요소를 두루 갖춘 동네다.

둘, 나만의 공간을 찾기

형 시설들, 그리고 동남아시아 이주민들의 로컬 맛집들이 꽤 가깝다는 점까지. 내가 좋아하는 요소를 두루두루 갖춘 동네다.

동네에서 가장 좋아하는 산책 코스는 고분군과 수로왕릉, 구도심으로 이어지는 구간이다. 먼저 집 앞의 해반천을 쉬엄쉬엄 걸어 대성동 고분군으로 향한다. 고분군 허리를 둘러낸 길을 따라 야트막한 언덕에 오르면 보이는, 번화한 시가지와 두 량짜리 경전철이 오가는 풍경이 어쩐지 귀엽다.

조금만 더 걸어 수로왕릉 돌담길로 가면 돌담이 잘 보이도록 큼직한 창을 낸 최신 카페와 빛바랜 시트지 따위를 두르고 성업중인 오랜 미용실이 어깨를 나란히 하는 풍경이 보이고, 좀더 깊숙한 골목으로 걸음을 옮기면 신선한 달걀 한 판을 5000원에 파는 청과물 가게와 40년 된 낙곱새 식당을 지나 외국어 간판을 내건 상점들이 드문드문 눈에 띄기 시작한다. 이주노동자가 많아 자연스럽게 형성된 이곳은 '글로벌 푸드타운'이라 불리는 구도심이다. 다양한 국적의 식당은 현지의 맛을 그대로 살린 음식을 먹을 수 있는 건 물론이고 전혀 딴 세상이 펼쳐지는 듯한 이국적인 향취를 물씬 느낄 수 있어, 코로나19로 여행을 가지 못해 답답했던 마음을 달래준 오아시스였다.

떠나지 않아도 되는 곳이 생긴다는 것은 실로 놀라운 일이었다. 매일이 새로운 발견의 연속이었다. 멀고 낯선 것만 쫓아다니던 내가, 동네를 샅샅이 탐방하게 되었다. 라테가 고소한 카페를, 빈속을 든든하게 채워줄 국밥집을, 값싸고 질 좋은 식재료를 파는 가게를, 신선한 꽃을 살 수 있는 화원을 걷기 좋은 산책로를 따라 누비기 시작했다. 멀리서 부러 찾아올 일은 없지만 주민들에게는 소중하고도 평범한 동네 가게들이 골목 구석구석을 밝히고 있었다. 지도에 별이 하나씩 달릴 때마다 이곳을 사랑하는 이유도 하나씩 더해진다. 직접 고른 나의 첫 동네. 이곳을 나는 아마 꽤 오래도록 좋아하며 살아갈 것 같다.

오늘의 집

나뭇결이 살아 있는 마루, 형광빛이 돌만큼 쨍한 흰색 벽, 은은한 매립 조명과 간접 조명, 레트로풍 벽스위치와 황동색 문손잡이, 거실 천장의 커다란 실링팬······.

나열하자면 끝도 없는 인테리어 지옥에 빠진 건, 지난봄 첫 집을 매수하고 난 뒤의 일이었다. 이제 준공한 지 15년 차에 접어드는 구축 아파트. 널찍한 광폭 베란다처럼 준공 당시의 디테일을 그대로 간직한 순정 상태의 집을 만난 건 행운이었다. 눈 딱 감고 마음을 비우면 깨끗하게 청소하고, 도배장판에 싱크대나 화장실 정도만 고쳐 살아도 될 정도로 상태가 나쁘지 않았다. 문제는 마음이 비워지지 않는다는 거였다.

예쁘고 깔끔한 집을 갖는 건 아주 어릴 적부터 키워왔던 꿈이었다. 아홉 살 무렵 가장 탐독했던 책은 동화도 소설도 아닌 홈쇼핑 카탈로그였다. 3분의 2 지점쯤을 어림잡아 펼치면 각종 가구와 인테리어 상품이 지면 한가득 빽빽했다. 과장 광고로 멋을 뽐내는 소파와 침대 따위를 집요하게 쳐다보며, 머리로 열심히 상상의 집을 꾸몄다.

당시 우리 집은 한 아파트에 세 들어 살고 있었고, 인색하기 그지없는 집주인은 10년을 살고 나갈 때까지 단 한번의 도배도 허락하지 않았다. 그 때문에 엄마는 집에 친구를 초대하는 것조차 금지했다. 우리 가족은 그 집의 모양새보다는 나쁘지 않은 정도로 살았지만, 애써 외면하려고 해도 시야에 걸리는 낡은 벽지를 남들에게 보여주기는 아무래도 부끄럽다고 생각하셨던 모양이다.

어린 나는 그보다는 단순하면서도 더 노골적이었다. 다른 사람의 시선보다 내 기준이 중요하다고 생각하면서도, 깨끗하고 아름다운 세계에 편입되고 싶다는 욕망으로 달음질쳤다. 누렇게 뜨고 군데군데 뜯긴 벽지 대신 빳빳하고 탄탄한 벽지가, 햇볕을 가리기 위해 임시방편으로 엉성하게 붙여놓은 시트지 대신 새하얀 레이스 커튼이 눈앞에 휘날리는 공간 속에 있고 싶었다. 푹신한 매트리스와 바삭한 침구가 있는 상상 속 나만의 방. 그곳에서 나는 완벽하게 평온했다. 언젠가는 그럴 수 있을까? 알 수 없는 흥분과 막막함 속에서 매번 카탈로그를 펼치고 닫았다.

그뒤로도 집을 꾸미는 일은 오래도록 허락되지 않았다. 내가 스무 살이 되어 타지로 떠난 후에야 부모님은 첫 집을 장만했다. 집을 떠난 뒤 제법 긴 시간 동안 기숙사, 원룸, 친척집을 옮겨다니며 살았기 때문에 공간을 꾸민다는 건 생각조차 하지 못했다. 요즘에야 작은 공간도 알차게 꾸미며 생활의 만족감을 추구하는 사람들이 늘었다지만, 십몇 년 전만 하더라도 셋방은 꾸미는 게 아니라는 여론이 압도적이었으니까. 자주 이사 다녀야 했기에 예쁘고 좋은 물건을 들이기는 커녕, 그때그때 필요한 물건을 사야 했던지라 이질감 없이 비슷한 톤을 맞추는 것조차 어려웠다. 몇 년간의 객지생활을 청산하고 부모님 집으로 다시 들어갔을 때도 마찬가지였다. 부모님 집은 내 살림이 아니었고, 머지않아 독립 계획이 있었기에 더 쓸데없는 일로 여겨졌다. 포기와 체념의 연속이었다.

그러다 첫 집을 마련했으니, 집 꾸미기를 포기할 수 있을 리가. 어차피 공사는 해야 하는 상황인데, 일부만 바꾸자니 두고두고 아쉬울 것 같았다. 그러나 예산은 넉넉하지 않았다. 나처럼 현실과 이상 사이에서 고민하는 사람들의 선례를 찾기 위해 가입한 인테리어 카페에서는 부분 수리를 후회한 다는 고백이 압도적으로 많았다(물론 부동산 카페에서 상승론 이 우세한 것과 비슷한 게 아닐까 싶지만 말이다). 그리고 약간의 희망도 발견했다. 단가를 낮출 방법은 생각보다 제법 있었다.

그 길을 개척한 사람들의 후기를 거의 밤낮으로 읽었다. 눈알이 빠지도록 수백 건의 사례를 보다보니, 돈을 들여서 극 명한 효과를 볼 수 있는 것과 그렇지 않은 것들을 어느 정도 구별할 수 있을 정도가 됐다. 그 결과 새 도화지를 만든다는 목표로, 체리색을 다 걷어내 최대한 희고 깔끔하게 만드는 정도로 타협했다. 사실 이 무렵엔 이미 공사에 들어간 거나 다름없는 뇌 구조를 갖고 있었다. 더이상의 고민은 쓸모없었 다. 실행에 옮기는 수밖에.

곧바로 인테리어 업체를 수소문하기 시작했다. 분야별 기 술자들을 직접 섭외해 공사를 진행하는 셀프 인테리어가 비 용을 크게 아껴준다는 건 익히 알았지만, 여력도 지식도 없 는 채로 선뜻 도전하기는 역부족이었다. 인근의 인테리어 업 체란 업체는 죄다 검색해 미팅을 잡았다. 그게 무려, 열세 군 데였다. 그것도 두 달 동안 만난 업체의 수가 그랬다. 처음부 터 이렇게까지 많은 업체를 만나리라곤 생각하지 않았다. 보통 서너 곳 선에서 비교견적을 받아 업체를 선정하는 게 보편적이니까.

그렇게까지 많은 미팅을 해야 했던 데는 그만한 이유가 있었다. 돈이라고 다 같은 돈이 아닌 건지, 이상하게도 나를 고객으로 대해주지 않는 전문가를 계속해서 만났기 때문이다. 가르침을 넘어 훈계조로 일관하거나, 혼자라는 걸 은근히 무시하거나, 뭐든 다 된다고 말도 안 되는 조건으로 현혹하려 하거나 혹은 다 안 된다고 깎아내리거나 하는 식으로 그 종류도 각양각색이었다.

내가 가장 크게 상심했던 미팅은 첫번째였다. 애매모호한 말로 설명하기보다 사진과 공사 내역이 있으면 도움이 되겠다 싶어서 프레젠테이션 자료를 만들고 미팅에 갔다. 원활한 소통을 위해 나름 노력한 것이다. 그러나 그는 자료를 대충 보더니(앞장을 한 번 넘기기만 했다) 힘껏 비웃었다. 이런 아마추어 같은 자료는 필요 없다고, 그냥 얼마의 예산이 있냐고 물어왔다. 그리고서는 이렇게 말했다. "애매하게 경차 한 대 정도의 돈을 쓰려거든 차라리 집을 고치지 말라"고. 그러더니 돌연 인테리어를 왜 하려고 하냐며 훈계를 했다. 그 예산 규모로는 진행이 어렵다고만 말해도 충분할 것을, 그는 내 계획을 완전히 깎아내렸다.

그때만 하더라도 주변의 현실적인 조언에 마음이 갈팡질팡하고 있을 때라 불쾌한 기분을 느끼면서도 애써 경청했다. 그리고 크게 상심했다. 가진 돈이 적은 건 알았지만 이렇게까지 푸대접받을 일인가.

또 한번은 이런 적도 있다. 친절한 미소와 태도로 응대하던 중년 여성 실장은, 내가 혼자 살 집을 고친다고 하니 대뜸 이렇게 말했다. "아유, 능력이 있나보다. 근데 남편도 없이 집 고쳐서 살게? 요즘 세상이 변했다고 하긴 하던데 나는 그래도 결혼했으면 좋겠어" 하고. 이 선 넘는 발언에 시쳇말로 '쎄이다'가 작동하긴 했지만, 사장님의 뛰어난 마감 실력으로 워낙 평판이 좋은 동네 업체라 계약을 하기로 했다. 그러나 계약서를 쓰러 갔을 때 특유의 선 넘는 발언이 다시 터져나왔다. 그 순간, 앞으로 이 사람과 일하다간 계속해서 얼굴을 붉히겠구나 하는 확신이 들었다. 나는 결국 계약을 포기하고 돌아나왔다. 또 어디를 알아봐야 하나 싶어 막막했다. 이미 열두번째 업체였다. 너무 골라도 탈인 걸까. 내가 너무 예민한가. 그러나 한두 푼 드는 것도 아니고, 두고두고 살 집을 고치는 대공사를 대충 맡기고 싶지는 않았다.

다행히도 기적처럼 열세번째 업체가 나타났다. 신생 업체라 포트폴리오는 많지 않았지만, 건축 쪽으로 오래 몸담아온 사장님의 이력이 괜찮아 보였고 무엇보다 태도가 마음에 들었다. 건조하고 전문적으로, 요구사항을 최대한 반영하되 여러 가지 옵션이나 나름의 솔루션을 제시해주었다. 그리고 단 한번도 나의 결혼 여부와 자녀 유무에 대해 궁금해하거나 넘겨짚지 않는다는 게 좋았다(심지어 공사가 끝날 때까지 그는 묻지 않았고 나도 말하지 않았다). 그 성별, 그 나이의 사람이 이럴 수도 있구나 싶어 나의 편견에 왠지 머쓱할 정도였다.

그리하여 집은 총 21일간의 공사에 들어가게 되었다. 공사 내역은 다음과 같다. 화장실, 싱크대, 베란다 타일과 벽체 탄성코트, 바닥 마루, 문 교체, 필름 시공, 도배와 몰딩, 거실 매립 조명과 실링팬 등 그 밖의 자잘한 마무리 작업. 얼핏 많아 보이지만, 공사를 해본 사람이라면 알 것이다. 내가 어떤 부분에서 비용을 아끼려 했는지.

새시 교체 대신 화이트 필름 시공으로 깨끗하게 보이게 했고, 광폭 베란다 확장도 없었고, 오래된 화단도 철거하지 않았다. 사실 새시와 확장은 인테리어 견적의 핵심이라 할 만큼 비싼데, 유지보수 정도로 타협한 것이다. 공사라고 부를 수 있는 항목이라고 해봐야 화장실 하나뿐이었다(안방 화장실은 아무것도 고치지 않았다). 그마저도 단가를 낮추기 위해 비싼 부자재 대신 품질이 나쁘지 않다는 중국산 타일을 둘렀다. 대신 거기서 절감한 비용으로, 내가 좋아하는 포인트들을 살렸다. 예컨대 귀여운 똑딱 스위치나 품질 좋은 문고리, 거실 실링팬, 화장실의 거울과 욕실장 같은 것들은 직접 구매해서 시공을 맡겼다.

그나마 사치를 부린 거라면 바닥 마루였다. 원목은 아니라도 원목의 결과 느낌을 최대한 살린 마루를 원했다. 나무 소재를 워낙 좋아하기도 하거니와, 집의 전체적인 톤을 살리는 데는 그만한 품목이 없다고 생각했기 때문이다. 무엇보다 마룻바닥을 맨발로 밟을 때의 딱딱하면서도 바삭한 촉감을 원했다. 그러려니 최고가는 아니어도 중가 정도의 마루는 돼야 했다. 할까 말까 계속 고민했지만, 결코 포기할 수가 없었다. 약간의 예산 초과를 감수하고서라도 하고 싶었기에 여기저기 샅샅이 뒤져 그나마 저렴하게 시공에 들어갔다.

모든 과정을 글로 다 담을 수 없지만, 정말 많은 정성과 노력을 기울인 일생일대의 프로젝트였다. 집을 고치거나 짓다가 수명 단축한다는 말이 뭔지 실감했다. 실제로 예민이 극에 달해 건강이 급격히 나빠지기도 했다. 전문가에게 일임하는 턴키 시공이었음에도 신경 쓸 게 너무나 많았다. 가장 힘든 점은 모두를 믿어야 한다는 거였다. 나 자신도, 시공을 해주는 전문가도.

인테리어 업계를 향한 사회 전반의 불신은 익히 들어 알고 있었으나, 막상 내 일이 되자 혼란스러웠다. 돌이켜보면 업체를 열세 곳이나 만나야 했던 것도 그런 이유 때문이었다. 불안을 최대한 잠재우기 위해 강박적으로 매달렸다. 사실 단기간에 전문가를 압도할 만큼 깐깐하고 똑 부러지는 클라이언트가 된다는 건 한계가 있었다. 그리고 상식선에서 운영되는 업체가 대부분이었다. 그걸 일찍 알았다면 좋았을 텐데, 초반에 너무 힘을 뺀 탓에 오히려 공사 중반쯤 가서는 거의 모든 걸 손에서 놓을 만큼 지쳐버렸다.

다행히 공사는 성공적으로 끝났다. 바라던 대로 하얀 벽과 창과 문, 단단하고 결이 아름다운 마룻바닥의 집을 갖게 되었다. 요즘 유행하는 졸리컷이나 조적식 욕조도, 포세린 타일이나 전체 매립등도, 시스템 에어컨이나 맞춤 가구도 없지만 충분했다. 이사 전날 밤, 텅 빈 안방에 전기밥솥을 갖다 놓으니 그간의 일이 주마등처럼 스쳐갔다. 이런 날이 내게도 오는구나. 오래전 하얗고 포근한 집에 살고 싶었던 염원이 이루어졌다는 생각에 감격스러웠다.

그후로 일 년이 지났다. 실제로 살아보니 그간의 고생이 상쇄되고도 남을 만큼 너무나 만족스러웠다. 쓸데없는 데 아까운 돈을 쓰는 건 아닐까, 인테리어 비용은 회수도 어렵다던데 없는 형편에 무리하는 건 아닐까, 아름다운 집을 갖고 싶다는 마음이 어쩌면 허영이 아닐까. 남들의 말에 증폭된 자기검열에 이젠 자신 있게 답할 수 있다. 생활 공간을 가꾸는 일은 그 어떤 것보다 삶의 질을 크게 높여준다고. 거기에 타인과의 비교가 들어설 자리는 없다. 내 취향과 생활 방식에 합당하면 그걸로 족하니까. 어차피 그 공간을 가장 많이 이용하는 이는 나다. 그래서 인테리어와 집 꾸미기에 관한 한 모든 사람의 선택을 존중할 필요가 있으며, 그 선택에는 우위가 없다고 생각한다. 바닥부터 벽까지 최고급 자재로 두르든, 공사는 하나도 하지 않고 취향의 가구나 소품들로 채우든 말이다.

핵심은 생활 속에서 아름다움과 쾌적함을 추구하고자 하는 마음을 인정하는 것이다. 셋집인지 자가인지도 전혀 상관없다. 명의와 관계없이 사는 동안은 내 집이고, 쾌적한 주거를 얼마든지 누릴 권리가 있기 때문이다. 그래서 요즘 작은 공간이라도 알차게 꾸미며 사는 사람들을 보면 부럽다. 내가 그런 시간을 일찍이 보내봤다면, 그래서 아름다움이 실제로 쾌적함과 밀접한 관계가 있다는 걸 일찍이 경험했다면 지금보다 덜 고민했을 것 같으니까.

다만 경계하고 싶은 한 가지가 있다면 인스타그래머블Instagrammable한 이미지를 무작정 좇는 것이다. 과거보다 많은 이들이 집을 꾸미고 SNS에 공개하는 일이 많아졌다. 카페나 모델하우스 같은 집에 대한 선망도 훨씬 늘어난 것 같다. 그 선망의 기저에는 실제 생활의 쾌적함보다 보이는 이미지에 더 방점이 찍혀 있는 것처럼 느껴진다. '세련되고 감각 있고 앞서가는 나'라는 이미지 말이다.

집이 품을 수밖에 없는 생활의 군더더기나 때가 완벽하게 제거된 이미지들을 볼 때마다 위화감이 드는 건 아마도 현실을 너무나 잘 알기 때문인 것 같다. 하루 반나절만 닦지 않아도 소복하게 내려앉는 먼지, 돌아서면 생기는 물때, 조금만 정신을 잃으면 여기저기 뒹구는 잡동사니들. 그뿐만이 아니다. 생각지도 못한 별별 하자가 갑자기 튀어나오기도 한다. 그림 같은 장면은 찰나에 불과하다.

비현실적이고 이상적인 이미지 앞에서 그뒤에 가사 노동이 촘촘하게 얽혀 있다는 걸 기억하려고 한다. 게다가 집 꾸미기에는 필연적으로 많은 소비가 따를 수밖에 없다. 좋아 보이는 것들은 대체로 비싸고, 유행은 조금만 시간이 지나도 덧없어지기 마련이다. 막연한 동경이 얼마나 부질없는지, 생활을 위해 집이 존재하는 게 아니라 집을 위해 생활을 갈아 넣는 방식은 주객전도라는 걸 모든 정력을 쏟으며 깨달았다.

나는 집이 현실 공간임을 잊지 않으려 한다. 강박적으로 쓸고 닦지 않아도 적당히 청결함을 유지할 수 있는 선까지 노동하고, 여력이 허락하는 데까지만 취향의 물건들을 들이려고 한다. 그렇게 해야 오래도록 집을 돌볼 수 있을 테니까. 그리하여 시간이 켜켜이 쌓인 나만의 공간을 갖고 싶다. 삶이 녹아 있는, 손때 묻었지만 잘 관리되어 멋지게 나이든 공간. 마치 잘 길들여 손에 익은 연장처럼 낭만과 실용이 적절히 조화를 이룬 공간을 가꿔나갈 수 있기를 바란다. 오늘도 내일도, 집은 나와 함께 살아가고 나이를 먹어간다.

자립의 셈법

지난가을, 침대에 모로 누워 훌쩍이며 생각했다. 나는 왜 돈이 없을까? 세상 사람들은 다 가지고 있는데 나만 없는 것 같아 한참 동안 우울했다. 그 무렵, 뉴스에서는 이런 소식들이 한참 들려왔다. '동학 개미 운동'이니 하는 주식 투자 광풍, 꺼질 줄 모르는 부동산 열기와 그에 화답하듯 '영끌'까지 하며 집을 산다는 30대의 이야기.

반면에 내 상황은 이랬다. 코로나19로 삭감된 월급, 세 들어 사는 집의 전셋값 상승, 그리고 파랗게 물들어버린 주식. 모든 것이 대조적이었다. 나는 처음으로 공포에 질렸다. 이대로 가다가는 영영 집도 없고 비빌 언덕도 없이 늙어가는 건 아닐까 하고.

돈을 번 지 10년이 조금 못 되는 시간 동안 만든 자산이라고 해봐야 적금 부어 만든 목돈 얼마가 전부였다. 그것도 전셋집 구하는 데 다 써버려 손에 쥐고 있는 거라곤 얼마간의 비상금 정도. 게다가 올해는 꾸준히 하던 저축마저 지켜내질 못했다. 종합하자면 상황은 점점 나빠지고 나는 거기에 걸맞은 대처를 하지 못하고 있었다. 조바심이 들었다. 나만 뒤처질 수 없다는 생각에 경제 관련 커뮤니티 몇 군데를 찾아 가입했고, 그날부터 사람들이 하는 말을 지켜보기 시작했다.

사람들은 저마다 자기들이 보고 들은 바에 따라 의견을 설파하고 있었다. 부동산 카페에 가면 부동산 불패론, 주식 카페에 가면 주식 우상향론이 대세였다. 분야는 달랐지만, 주장은 비슷했다. 근로소득만으로는 노후를 대비하거나 부를 축적하기 어려우니 얼른 투자시장에 진입해야 한다는 거였다. 그런 얘기는 이미 익히 들어온 것이기도 했다. 사회에서 만나는 사람들도 그런 종류의 얘기를 심심찮게 하곤 했다. 지인이 부동산으로 얼마를 벌었다더라, 요즘 헬스케어 종목이 뜬다더라. 나는 그럴 때마다 귀를 펄럭이며 열심히 정보를 주웠다.

얼마 지나지 않아, 내가 사는 김해시의 모 동네, 그러니까 소위 앞으로 호재가 있을 거라는 동네의 아파트 청약이 시작됐다. 나는 생애 처음으로 청약에 도전해보기로 했다. 다행히 여러 조건이 맞아떨어졌다. 되기만 한다면 나도 이제 유주택자가 되는 걸까. 설레는 마음으로 청약을 넣고 발표일을 손꼽아 기다렸다. 그리고 결과는, 당첨이었다.

그런데 문제가 있었다. 돈이 없었다. 얼마 되지 않는 계약금조차 수중에 없다는 걸 잊고 있었다. 정말이지 대책이 없는 경우였다(이런 걸 '묻지마 청약'이라고 한다는 것도 나중에 알았다). 그래도 희망이 있을까 해서 대출을 알아보러 갔다. 하지만 그마저도 여의치 않았다. 창구 직원은 이미 전세자금대출을 받아 한도가 낮게 나온다며 건조한 말투로 일러주었다. 이율도 높았다. 은행을 몇 군데 돌아봤지만 마찬가지였다.

어떻게 하는 게 좋을까. 만일 계약금을 빌린다면 다음에 내야 하는 돈은, 그리고 남은 빚은 어떻게 해결할 것인가? 며칠 밤 잠을 설치며 고민했다. 미친 척하고 내 집을 가져볼까? 심정 같아서는 그저 질러버리고 싶었다. 하지만 고민 끝에 나는 분양권 거래를 택했다. 그나마 다행히 전매가 가능한 분양권이었고, 가질 수 없다면 약간의 이익이라도 보자는 생각으로 내린 결정이었다. 그렇게 나는 내 집 마련의 기회 앞에서 좌절하고 말았다.

수많은 호재를 눈앞에 두고 분양권을 양도하려니 속이 쓰렸다. 내 분양권을 사간 아주머니는 같은 아파트의 분양권을 세 개씩이나 사가는 이른바 '큰손'이었다. 부러웠다, 진심으로. 저 사람은 뭘 해서 저런 부를 축적했을까. 세상에 무주택자가 이렇게 많은데, 누군가는 집이 서너 채씩 되기도 한다는 사실에 새삼 상처 입는 기분이었다.

그날 저녁, 나는 우울해진 기분으로 친구 P에게 전화를 걸었다. 화두는 자연히 돈이었다. 그런데 이야기를 하면 할수록 우울해졌다. 벌긴 버는데 먹고사느라 정작 큰돈은 만져보질 못했고, 무엇보다 내 집을 꼭 가지고 싶은데 집값은 하루가 다르게 올라 나를 기다려주지 않는다고. 오늘 분양권을 팔아 번 돈도 실은 그다지 유쾌하지는 않다고 말이다. 그랬더니 P는 내게 이렇게 되물었다.

"지금도 괜찮지 않아? 성실하게 일해서 번 돈을 모아 셋집도 구했고, 지금 큰 빚이 있는 것도 아니고, 계속 일할 수 있는 직장도 있고. 만일 집을 원했다면 큰 도박을 벌였어야 할 거야. 하지만 그걸 감당할 자신이 없어 포기했잖아. 그리고 손해가 난 것도 아니고 돈을 벌었는데, 왜 속상해하는지 난 이해가 잘 안 돼." 그러면서 이렇게 덧붙였다. "너, 기준이 어디에 있는 거야? 누구와 비교하고 있는지 잘 모르겠어."

그 말을 듣고 곰곰이 생각해보니 내가 비교하고 있는 대상들은 전부 나보다 훨씬 더 많은 부를 축적한 사람들이었다. 게다가 그저 '카더라' 속에 존재하는, 손에 잡히지 않는 사람들. 나의 분노는 구체적이지 않고 막연했다. 그러니까, 흔히 말하는 '상대적 박탈감'을 느끼고 있는 거였다. 그건 막연한 패배감, 열등감과 다름없었다.

아마 많은 이들이 그런 박탈감을 느끼며 살고 있는지도 모르겠다. 불로소득이 근로소득보다 더 가치 있게 대접받는 시대, 무용담은 차고 넘치고 나의 잔고는 텅텅 비어 있으니 그럴 만도 하다. 달리는 말에 올라타고 싶은 욕망, 거품 위로 뛰어오르고 싶은 마음은 다름 아닌 불안감이었다. 친구의 말이 백번 맞았다. 그저 높은 곳만 바라보느라 내가 어떻게 여기까지 왔는지는 까마득하게 잊고 있었다. 나는 분명 조금씩 나아지고 있었다. 비록 바보같이 예·적금만 한 것 같아도, 그것조차도 없으면 투자를 시작할 수 없다는 사실을 잊고 있었다. 무엇보다 나는 열심히 살고 있었다. 증여도 로또도 없이 말이다.

그날부로 나는 모든 불안과 조바심을 내려놓고 계획을 재정비했다. 언젠가 다시 올 기회를 위해서 은행에 가서 청약통장을 새로 만들었다. 그리고 뉴스든 온라인이든 정보는 취사선택하되, 근거 없이 떠도는 남의 성공이나 실패담에 너무 귀를 펄럭이지 않기로 다짐했다. 무엇보다, 하나씩 차근히 해나가기로 했다. 아무런 준비 없이 '한방'에 기대려는 심리는 리스크를 키울 뿐 아니라 멘탈을 더욱 약하게 한다는 건 자명한 사실이었다. 그러니 그런 마음은 버리고 지금까지 해온 것처럼 나의 성실함을 믿어야만 했다. 나를 먹여 살릴 사람은 나뿐이니까. 오늘부터라도 처음 돈을 모을 때처럼, 쓸데없는 지출은 줄이고 아끼기로 했다. 대신 달라진 게 있다면 경제 공부를 계속하기로 했다는 점이다. 모든 걸 혼자 결정하고 책임지기 위해서는 기초를 탄탄히 할 필요가 있었다. 결국 정도_{正道}를 걷기로 한 셈이다.

'티끌 모아 태산'이라는 말이 있다. 사람들은 티끌 모아봤자 티끌이라며 비웃지만, 어차피 그 누구에게도 기댈 수 없다면 티끌이라도 모아야 한다. 작은 티끌이 큰 티끌이 되고, 큰 티끌이 모여 태산은 아니라도 작은 동산 정도는 만들 수 있지 않겠는가. 힘들 때 쉬어갈 수 있게 아름드리나무 그늘을 드리운 아담하고 예쁜 동산. 그걸 갖기 위해 오늘도 내일도 열심히 달린다. 그리고 그건 나만의 자립의 셈법이다.

혼자의 조건

사람이 사는 데 필요한 공간은 얼마쯤 될까? 언젠가 어디에서 읽은 기억으로는, 자기 키의 세 배쯤 곱한 길이가 집의 대각선 길이와 최소한 같거나 그보다 더 길어야 한다고 했다. 그래야 근골격계 질환에 걸릴 위험이 낮아진다나. 그 이론에 따르면 내 키가 170센티미터 정도이니 그의 세 배면 5미터 정도다. 그럼 피타고라스의 정리로 5미터가 대각선 길이인 집의 가로, 세로와 면적을 구할 수 있겠지만…… 수포자인 나는 여기서 이만 멈추고 대강 어림짐작으로 생각해보았다.

내가 세 명 누워서 모자람이 없는 크기라면, 적어도 10평 정도는 될 것 같다. 거기에 조건을 하나 더 단다면 방은 최소한 두 개 이상일 것.

그렇게 너르고 환한 집을 상상하다가 문득 정신을 차리니 나는 서울 쌍문동의 여섯 평짜리 원룸에 누워 있었다. 한눈에 들어오는 아담한 공간에는 수납장과 옷장을 겸하는 벽장 아래로 작은 TV가 놓였고, 서랍이 딸린 싱글 침대가 있었다. 작은 세탁기와 냉장고를 짜맞춘 싱크대가 부엌을 겸했고, 현관 바로 앞에 한 사람이 겨우 서서 샤워할 수 있는 화장실이 있었다.

그럼에도 만족하며 살았다. 이보다 더 작았던, 신림동의 네 평 남짓한 원룸에서도 핫플레이트로 밥을 해 먹고 공용 세탁기를 쓰며 살았으니까. 상경한 다른 친구들이 사는 모양도 고만고만하다는 사실이 위로가 되었고, 젊은 날의 자취라는 이유만으로 때론 낭만적인 구석을 발견하기도 했다.

그렇지만 그만한 집에 그럭저럭 적응하며 살 때도 가끔 궁금했다. 어떻게 이렇게나 작은 집이 지어졌을까. 이렇게 생활 공간이 분리되지 않아 온갖 냄새와 습기가 뒤섞이는 '겸용' 공간의 불편함은 아마 겪어본 이들은 다 알 것이다. 한 줌 볕도 들기 어려운 자그마한 방에 세탁한 옷을 널면, 실내 건조용 세탁 세제를 써도 지워지지 않는 꿉꿉한 냄새가 나곤 했다. 그렇게 좁은 집은 수시로 내 인간 존엄성을 불쑥불쑥 건드리며 인내심을 시험했다. 인간답게 살고 싶다는 당연한 욕망은 좌절되기 일쑤였다.

작은 방을 전전하던 그 시절, 나의 가장 소박하고 원대한 꿈은 베란다가 딸린 집에 사는 것이었다. 가능하면 고층에 정남향으로. 베란다가 생기면 햇볕에 바삭하게 마른, 깨끗한 빨래 냄새를 맡을 수 있을 것 같았다. 그런 집이라면 내 마음의 얼룩들도 볕에 넣어 없앨 수 있지 않을까. 창문을 열었을 때 바로 옆 건물의 외벽이 보이는 게 아니라 탁 트인 하늘을 보고 싶었다. 최소한의 살림을 어디에 욱여넣어야 할지 고민하지 않을 수 있다면, 방 하나를 넉넉하게 쓸 수 있다면 더 좋고 말이다. 집에 대한 나의 바람이 얼마나 강했는지, 오죽하면 종종 꿈도 꾸었다. 몇 년 전 일기장에는 이렇게 적혀 있다. '지난밤 꿈에, 볕이 잘 드는 베란다에 빨래를 넣고 있었다'고.

그러나 현실은 내게 기다리라 말했다. 지금 좁은 집에 사는 건 평생의 일이 아니라, 그저 스쳐지나가는 생애주기에 불과하다고. 그러니까 당연히 견딜만한 것이라고, 잠깐 혼자 사는데 그 정도 공간이면 충분하다고도 했다. 나도 처음에는 당연하게 생각했다. 주변의 비슷한 처지인 또래들은 모두 그렇게 살고 있었으니까.

하지만 '잠깐 혼자 사는 것'이라는 말이 내내 마음에 걸렸다. 그 전제에 따르면, 나의 1인 가구 생활은 일시적인 것이자 일종의 유예기간이었다. 어른들은 말했다. 돈을 차곡차곡 모으다가, 나처럼 돈을 차곡차곡 모은 남자를 만나서 결혼하면 좋은 집에 살 수 있게 될 거라고.

역으로 말하면 혼자서는 큰 집에 살 수 없다는 뜻이었다. 현실적으로 집값이 그렇거니와 사회적 통념도 그랬다. 돈이 아주 많지 않고서야 굳이 무리해서 큰 집에서 살림을 꾸리는 미혼 여성은 잘 없었다. 남자면 몰라도 말이다. 요즘은 다르다고 해도, 내가 사는 경상도는 그런 인식이 아직도 깊게 박혀 있다. 여자가 집을 사는 건 비혼 선언과도 같았고, 남자가 집을 산다는 건 결혼을 미리 준비하는 견실한 청년이라는 뜻이 되었다.

그러니 친구들 대부분은 미래의 주거 안정을 결혼과 연관 지어 생각하는 편이었다. 결혼해서 안정되고 싶다는 마음, 그 마음은 정세랑의 단편소설 「옥상에서 만나요」 속 여자주인공처럼 "훌라후프를 돌려도 걸리적거리지 않는 넓은 집"에 살고 싶다는 의미와도 같았다. "이러니저러니 해도 둘이 합치면 숨은 쉬어지더라"며.

종합하자면, 이 모든 것의 근본적인 이유는 혼자이기 때문이었다. 장마철에 수시로 비가 새는 것도, 훌라후프를 돌릴 수 없는 좁은 공간도 모두 혼자서 감당해야 하는 몫이었다. 주변을 둘러보아도 뾰족한 답이 없었다. 근로소득자로 혼자서 더 나은 주거 조건을 갖춘다는 것은 거의 불가능에 가까워 보였다. 특히 서울에 사는 건 지방 출신인 내겐 더 가혹하게 느껴졌다. 버는 건 빤한데 월세며 보증금은 날로 올랐다.

거의 아무것도 마음대로 할 수 없는 작은 방에 있으니, 가진 돈이 적어도 맛있는 음료를 마시며 기분 전환이라도 할 수 있는 카페가 나았다. 많은 이들이 카페에서 공부며 독서를 비롯해 웹서핑이라도 하는 이유가 거기에 있었는데, 세상은 그걸 잘 모르고 철없이 비싼 커피 값을 소비해대는 요즘 청년이라고 말했다. 가난에는 비용이 더 많이 든다는 말이 멀리 있지 않았다.

결국, 얼마 지나지 않아 여러 가지 이유로 타지생활을 접었다. 갑작스레 일자리를 잃은 까닭이었지만 그래도 서울을 택할 수도 있었다. 좋은 일자리의 수는 서울이 언제나 압도적으로 많았으니까. 하지만 본가가 있는 동네의 채용 공고를 본 순간, 선택지는 이것뿐이라 느꼈다. 이유는 명확했다. 가족들과 사는 게 부대끼더라도, 안락한 집에서 온기와 안전함을 느끼고 싶었다. 끝이 보이지 않는 2년 갱신생활에 종지부를 찍고 싶었다.

이후로 시간이 꽤 흘렀다. 벌써 내가 30대 중반이니 20대 시절의 타지생활을 들먹이는 건 너무 오래전 얘기를 하는 게 아닌가 싶어 망설였는데, 그사이 1인 가구의 주거 환경이 더 열악해졌다는 뉴스를 심심찮게 접한다. 1인 가구가 전체 인구의 40퍼센트에 달하는 데다, 청년부터 노년에 이르기까지 고르게 분포하고 있는데도 여전히 세상은 혼자 사는 건 일시적이라고 치부한다. 최소 둘 이상, 그것도 남녀 부부거나 혹은 그들이 낳은 자녀가 살고 있어야 '국평'이라고 불리는 전용면적 84제곱미터를 누릴 자격이 된다고들 말한다. 그 단단한 고정관념이 만들어낸 게 1인 가구의 최소 주거 조건인 셈이다. 대체로 작은 집에 산다는 일본만 하더라도 1인 최소 주거 면적이 25제곱미터로, 우리나라의 두 배 수준이다.

그나마 국가가 제안한 최저선에 맞추어 만들어지는 작은 집이면 다행이다. 그 기준을 충족하지 못하는 공간도 허다하니 말이다. 좁은 공간에 여러 생활 공간을 욱여넣느라 기상천외한 구조가 된 집의 사진이 종종 인터넷에 웃긴 '짤'로 화제가 될 때, 나는 차마 웃을 수 없었다. 최저선조차 지키지 않은 공간에 비용을 지불하고 살아갈 누군가를 생각하면 화가

난다. 그건 유머가 아니라 진짜 삶이다. 지금 이 순간에도 누군가는 그곳에서 삶을 영위한다. 인간의 존엄은 다른 곳에서 오는 게 아니라, 매일 눈뜨고 감는 네 귀퉁이 공간에서 시작되므로.

어찌저찌해서 나는 지금 59제곱미터의 집에서 혼자 살고 있다. 그 시절에 비하면 사치스럽기 그지없다. 침실과 옷방이 따로 있으며, 손님용 방도 있다. 그토록 원하던 정남향 베란다도 있다. 볕이 잘 들어 집에는 깊고 온화한 빛이 스미고, 창으로 하늘도 잘 보인다. 게다가 필요한 것은 거의 빠짐없이 갖추고 있다.

부동산 관점으로 접근하자면 이만한 공간을 누릴 수 있게 된 건 지방 소도시 구축 아파트의 가격 속성 때문이겠으나, 나의 사적 일대기에 따르면 이것은 1인 가구로서 일종의 투쟁이기도 했다. 결혼 전에는 웬만하면 독립하지 말고 부모님 밑에 있으라는 조언도, 혼자 집을 사면 훗날 '신혼특공'을 쓰고 싶어도 못 쓰게 될 거라는 충고도, 남편과 같이 집을 보러 다녀야 든든할 텐데 네가 안타깝다는 탄식도(이 말은 심지어 우리 엄마가 했다) 다 물리치고 싶었다. 결혼하지 않고도 쾌적하고 넓은 집에 살 수 있지 않으냐고 항변하고 싶었다.

무엇보다 내가 원했다. 거센 비바람으로부터 나를 막아주고, 나약한 영혼이 쉬어갈 수 있는 공간을. 훌라후프를 돌리기 위해 결혼을 선택하지 않아도 되는 자유로운 삶을. 여러 해를 거듭한 노력과 운(적금과 퇴직금 정산과 디딤돌 대출) 덕분에 그것들을 쟁취할 수 있었다.

물론 모두가 이렇게 할 수 있는 건 아니라는 걸 잘 안다. 일해서 집 산다는 공식이 더는 적용되지 않는 시대다. 게다가 기본적으로 인생에서 누리고 있는 것들, 예컨대 직업이나 소득, 자산 형성은 타고난 인프라나 운에 맡겨질 때가 많다. 한마디로 내가 지금 이만큼 가질 수 있는 것도 운에 약간의 노력을 더한 정도일 것이다.

그렇기에 더 절실하게, 1인 가구의 최소 주거 조건이 바뀌어야 한다고 생각한다. 모든 주택에는 최소한 사람이 살 수 있는 공간에 걸맞은 기준이 마련되고 적용되어야 한다. 인간적인 삶을 보장받을 수 없는 공간을 집이라 부를 수 없도록 해야 한다. 적어도 언젠가 어떤 상황에서 혼자가 될 수도 있는 우리 모두를 위해 그 정도의 기준은 만들어야 하지 않을까.

혼자의 조건

오늘도 잘 먹였습니다

어느 주말, 영화를 보다가 깊게 공감한 대사가 있다. 영화 「줄리&줄리아」(2009)에서 주인공 줄리는 힘든 하루를 마치고 돌아와 요리가 좋은 이유에 대해 이렇게 말한다.

"요리가 왜 좋은지 알아? 직장 일은 예측불허잖아. 무슨 일이 생길지 짐작도 못하는데 요리는 확실해서 좋아. 초콜릿, 설탕, 우유, 노른자를 섞으면 크림이 되거든. 마음이 편해."

지루하고 따분한 문제투성이인 직장생활을 하는 주인공 줄리아에게 유일한 위안이 되어주는 요리. 그는 요리의 미덕을 말하며 요리 과정의 몰입감과 결과가 주는 위안에 방점을 두는데, 아무래도 그러려면 요리 경험이 있어야 할 터. 실은 나 또한 주인공의 그 말에 공감하게 된 건 그리 오래되지 않았다. 그건 올 초, 제대로 된 독립을 하면서부터다.

'먹고' 사는 게 모든 일의 문제라고 하듯, 독립의 첫 관문도 다름 아닌 '밥'이었다. 독립했다는 소식에 축하의 말과 함께 가장 많이 들은 걱정의 말이 바로 '뭘 먹고 다니냐'는 거였다. 요즘같이 굶기 힘든 시대에 무슨 쓸데없는 걱정인가 싶었는데, 몇 번의 대화 끝에 핵심은 '집밥 먹는 것'이라는 걸 알 수 있었다.

그 걱정을 가장 많이 하는 사람은 엄마였다. 이사 전날, 엄마는 주방을 뒤져 각종 장이며 조미료를 비롯해 요리에 필요한 모든 것들을 바리바리 싸기 시작했다. 진간장, 조선간장, 된장, 고추장, 까나리액젓, 매실액, 설탕, 소금, 깨, 고춧가루, 식용유, 그리고 세제며 베이킹소다까지 챙겼다. 견출지에 종류를 적어 일일이 붙이고, 어디에 어떻게 보관하는지, 어떤 요리에 무엇을 쓰는지 알려주느라 여념이 없었다. 나는 도무지 따라가지 못할 엄마의 설명 속도에 고개만 끄덕일 뿐이었다.

하지만 엄마의 정성에도 불구하고 한동안 요리하지 못했다. 이사 준비가 꼬인 탓에 가스레인지와 주방 집기를 늦게 주문한 데다 에너지도 없었기 때문이다. 퇴근 후 집에 와 짐짝 같은 몸을 부리고 나면 그저 눕기에 바빴다. 식사는 대충 간편식으로 대신하곤 했다. 혼자서도 잘 차려 먹겠다는 다짐이 무색하게 주방에 발 디디기조차 어려웠다.

그러던 어느 날, 일과를 마치고 집 대문을 여는 순간 강렬한 욕구가 불쑥 일었다. 그건 우습게도 '소고기가 듬뿍 담겨 있고 고소한 내음이 가득 풍기는, 집에서 푹 끓인 미역국 한 그릇에 갓 지어 윤기가 흐르는 밥을 말아 먹고 싶다'라는, 아주 구체적인 식욕이었다. 아마도 고된 하루였을 것이다. 소울 푸드가 생각난 걸 보면 말이다. 한 대접 가득 퍼담아 먹는 소고기미역국이 나름의 소울푸드인데, 헤아려보니 못 먹은 지도 꽤 되었다는 생각이 들었다. 곧바로 대문을 열고 마트로 향했다. 소고기 국거리 한 팩, 자른 미역 한 봉지, 다진 마늘, 시판 김치를 사서 다시 집으로 돌아왔다. 그리고 인터넷에서 레시피를 찾아 요리에 돌입했다.

조리 과정은 그리 어렵지 않았다. 냄비에 참기름을 두르고 소고기를 볶는다. 고기가 적당히 볶아지면 불린 미역과 다진 마늘을 넣고 다시 한번 볶는다. 한소끔 볶아지면 물을 붓고 바글바글 끓인다. 충분히 끓인 뒤 국간장과 액젓으로 간을 하고 뭉근히 더 끓여낸다. 그사이 쌀을 씻어 전기밥솥에 밥도 안쳤다.

그렇게 지시문대로 착실히 따라 했더니 약 한 시간 뒤, 밥상에는 모락모락 김이 나는 소고기미역국 한 대접과 밥 한 그릇이 차려져 있었다. 독립 후 첫 요리라는 사실에 문득 감격스러운 마음이 일었다. 고소한 기름내가 나는 국물 한 숟갈을 떠 입에 넣자, 감격은 더욱 폭발해 눈물이 흐를 것만 같았다. 따뜻한 국물이 입안 가득 머물렀다가 목을 축이고 위장을 따뜻하게 덥히는 느낌. 마치 따끈한 온천에 발부터 천천히 전신을 담글 때 기분 좋은 소름이 돋는 것과도 같았다. 거기에 김치 한 조각을 곁들이니 상쾌한 조화가, 머릿속으로 그리던 그 맛이었다. 내가 이렇게 맛있는 걸 만들다니. 그저 레시피를 따라 했을 뿐인데 맛있는 요리를 만들어 몸과 마음의 허기를 채웠다는 사실에 새삼 감탄했다.

그날 이후 본격적으로 요리를 시작했다. 휴대전화에는 각종 마트 앱이 깔렸고 식자재들이 배송되어 냉장고에 차곡차곡 쌓였다. 처음에는 재료를 소진하지 못해 애를 먹기도 했지만 이제 어느 정도는 효율적으로 재료를 관리할 줄도 알게 되었다. 식자재 관리의 원칙은 첫째도 둘째도 '미리 쟁여두지 말 것'이라는 걸 깨닫게 되었달까. 때론 밀키트며 간편식도 활용했지만 가급적이면 처음부터 끝까지 만드는 방식을 지

향했다. 과정의 번거로움이 내게는 곧 즐거움이고 보람이기 때문이다.

일과 끝에 지쳐 돌아온 내게, 따뜻한 밥 한 끼 먹일 수 있다는 것만으로도 위안이 되는 날도 있었다. 불확실하고 문제투성이인 삶이 괴로울 땐, 내가 만든 음식들로 텅 빈 나를 채운다. 내가 만든 것들이 지금의 허기를 해결해주고 내일로 나아갈 동력이 된다는 게 얼마나 감동적인가. 요리만큼 단순하면서도 명쾌하고 효용이 확실한 일이 없었다. 그렇게 나는 충실히 나만의 요리 루틴을 만들어갔다.

오늘의 메뉴는 된장찌개와 햅쌀밥이다. 두부와 애호박, 양파만으로 완성하는 아주 소박한 된장찌개를 좋아한다. 물론 된장은 엄마표 집된장이어야 맛있다. 쌀은 수향미를 좋아하는데, 물이 약간 적다 싶을 정도로 밥을 안치면 쫀득한 질감이 기가 막힌다. 그렇게 묵묵히 다듬고 썰고 끓이고 안치기를 30여 분, 오늘의 요리도 완성되었다. 갓 지은 밥에서 투명한 듯 반짝이는 윤기가 흐른다. 잘 익은 고소한 쌀알의 냄새. 부드럽고 촉촉하면서도 쫀득한 밥 한 덩이를 입으로 밀어넣고, 다시 잘 익은 김치 한 조각을 곧바로 씹는다. 뜨겁고 차가운 것이 한데 섞이는 묘하게 상쾌한 느낌에, 달고 짜고 맵고

신, 강렬한 맛의 향연이 펼쳐지는 순간이다. 두부와 애호박 그리고 여남은 몇 가지 채소와 재료가 전부인 수수한 된장국 한 숟가락에 얼어붙었던 마음이 포근해진다. 숟가락과 젓가락이 바삐 오가고 난 뒤 텅 빈 그릇을 보며 나직히 말한다.

"오늘도 잘 먹었습니다."

셋,
작은 사랑을 계속하기

자그마한 것이라도 좋으니 '좋아하는 것'을 찾아보자.

사람이든 동물이든 물건이든 행위나 장소든,
내게 좋아하는 마음이 남아 있다면 그것만으로도 충분하다.
그 대상을 한층 더 오래, 깊게 들여다보면 알게 된다.
내 안에 나도 몰랐던 사랑이 가득하다는 사실을.

생존형 취미

나의 가장 오랜 취미는 목욕, 그중에서도 아침 샤워다. 일상 다반사로 벌어지는 일이 취미라니, 그럼 밥 먹는 것도 취미냐고 되물을 사람이 있을지도 모르겠다. 하지만 분명히 밝히건대, 목욕과 샤워는 내가 가장 좋아하는 행위다.

아침 샤워를 사랑하게 된 건 사춘기에 접어들 무렵이었다. 그땐 에너제틱했던 탓에 밤이 되어도 쉽사리 잠들지 못하는 올빼미였다. 당연히, 가장 힘들었던 건 아침 기상이었다. 아침 일곱시 삼십분이면 칼같이 교문 앞에 도착했지만, 아무리 노력해도 아침은 좋아지지 않았다.

그래도 아침 샤워만큼은 좋았다. 혼자가 간절해 문이란

문은 다 걸어 잠그던 시절에 유일하게 방해받지 않을 수 있는 공간과 시간을 선사해주었으니까. 샤워는 수면의 연장이자 동시에 졸음을 떨칠 수 있는 유일한 방법이기도 했다. 반도 채 못 뜬 눈으로 더듬더듬 욕실까지 기어가, 문을 잠그고 샤워를 했다. 물줄기는 두툼한 이불처럼 포근했다. 잠에 취해 눈을 감고 떨어지는 따뜻한 물을 한참 동안 가만히 맞곤 했다. 가능하면 이 물줄기가 끝나지 않았으면 했다. 문밖에서 늦겠다며 재촉하는 소리가 들려야만 샤워를 끝냈다.

결국 젖은 머리로 등굣길에 나서야 했고 머리칼에서 뚝뚝 흘러내린 물이 어깨를 적셨지만, 상관없었다. 물을 맞는 시간이 유일한 기쁨이었으니. 다만 가끔 막연하게 생각할 뿐이었다. 언젠간 느지막이 일어나 여유롭게 목욕을 즐긴 다음, 우아하게 머리도 말리고, 어딘가로 허둥지둥 뛰어가지 않고도 살 수 있을 거라고.

하지만 그런 일은 일어나지 않았다. 나는 여전히 아침 일곱 시 이십오분이면 눈을 뜨고 욕실로 향한다. 회사가 너무나 가기 싫은 날에도 말이다. 샤워기를 고정하고 레버를 당겨 뜨거운 물이 쏟아지면 그 앞에 머리를 조아린다. 온몸에 쏟아지는 물줄기를 겸허하게 맞는다. 이불을 다시 뒤집어쓸 수도, 갑자기 전화를 걸어 휴가를 쓰겠다고 말할 수도, 모든 걸

다 때려치우고 제2의 인생을 살 수도 없다는 걸 잘 알기에 그저 샤워 부스에 갇힌다. 목욕을 좋아하는 인간임에도 출근을 위한 아침 샤워 같은 건 없앨 수 있다면 없애버리고 싶은 심정이 된다. 하지만 좋아하는 일을 빼앗기기 싫었기에, 이 행위를 조금 특별하게 대접하기로 했다.

아침 샤워를 음미하는 방법은 네 단계로 나뉜다. 먼저 몸에 꼭 맞는 온도를 찾는 일이다. 어제의 온도가 오늘에도 적당하리라는 법은 없다. 매일 새로운 탐험을 해야 한다. 참고로, 나는 한여름에도 뜨거운 물로 샤워하는 '뜨샤파'였는데 올여름 들어서는 37~8도의 미지근한 물로 시작해 34도 이하의 약간 차가운 물로 마무리하고 있다. 겨울에는 피부가 델 정도로 뜨거운 물로 샤워하기를 즐긴다. 맥주의 첫 모금이 가장 맛있는 것처럼, 샤워 역시 물줄기를 처음 맞는 그 순간이 최고로 좋다. 찰나에 지나가버리는 그 최고의 순간을 위해, 내 몸의 상태를 언제나 면밀히 살피며 레버 조절을 한다.

두번째는 멍 때리기다. 샤워의 좋은 점 중 하나는, 상상력이 풍부해진다는 거다. 기차에서는 시속 80킬로미터짜리 일들이 두서없이 떠오르는 것처럼, 샤워할 때는 물줄기를 따라 생각들이 흘러나온다. 그러다보면 꽤 괜찮은 아이디어가 떠오를 때도 있다. 우울할 때는 우울한 생각이 나기 마련인데, 그 나름대로 의미가 있다. 가령 '어제 전화해서 그 얘기는 왜 했지' 같은 것들 말이다. 중요한 일을 앞두고 있을 때는 '오늘 미팅이 있으니까 단정하게 입어야겠군'이라던가, 혹은 '점심에 돈가스 먹을까?' 이런 생각도.

흩어지고 부서지다가도 무슨 모양인지 모르는 형태로 합쳐지는 물방울을 닮은, 너무나 자유로워 꼭 무엇이 되지 않아도 상관없는 사색의 시간은 흔치 않으므로, 가장 좋아하는 부분이기도 하다.

세번째는 좋아하는 도구를 쓰는 일이다. 비누 하나면 족한 미니멀리스트이든, 피부 상태며 각 부위별로 여러 제품을 갖추고 쓰는 맥시멀리스트이든, 씻기 위해선 반드시 용품과 도구를 필요로 한다. 그리고 알맞은 아이템을 갖췄을 때 샤워의 효율과 즐거움은 배가된다. 나는 최근 미니멀리스트에서 맥시멀리스트로 바뀌었는데, 때마다 물건을 골라 쓰는 일이 꽤 활력을 준다는 걸 알게 됐기 때문이다. 시간이 없는 날엔 샤워 볼을, 보통 때에는 장갑형 타월을, 여유가 있을 때에는 '때르메스'라 불리는 각질 제거용 타월을 활용해 몸 구석구석을 개운하게 씻어낸다. 샴푸며 보디 젤도 좋아하는 향을 골라 비치해두는데, 향을 맡을 때마다 기분이 좋아지는 건

덤이다.

　네번째는 물기를 잘 말리는 것이다. 샤워의 끝은 어쨌든 다시 마른 몸으로 돌아가는 일이므로. 물미역 머리를 하고 등교하던 10대 시절에는 건조의 효용을 몰랐지만, 점차 알게 되었다. 일의 인상을 결정하는 건 마무리라는 사실을. 그러기 위해서는 기본적으로 햇볕에 잘 마른 뽀송뽀송한 수건과 좋은 드라이어가 필요하다. 최근에는 꽤 성능이 좋다는 드라이어를 들였다. 미용사가 추천한 드라이어인데 이것만으로도 샤워의 질이 꽤 올라갔다. 짧긴 하지만 숱이 많아 속까지 말리려면 제법 시간이 걸리는 단발머리를, 단 3분이면 말끔하게 건조한다. 물기는 바짝 마르고 향기는 은은하게 남는, 내가 바라던 어른의 모습으로.

　이렇게나 싫은 것투성이인 삶에서, 좋아하는 무언가를 매일 반복해서 할 수 있다는 것만으로도 꽤 다행이라고 생각한다. 나는 루틴인 아침 샤워를 좋아하는 일로 만들었다. 취미가 별다른 일일 필요가 있을까. 좋아하는 일을 매일 반복한다는 것만으로도 자격은 충분하지 않을까.

　나는 이걸 생존형 취미라 부르고 싶다. 살기 위해 하는, 매일 수행해야 하는 작디작은 일에서 광활한 우주를 발견하고 탐험하는 일, 그리하여 결국 깊이 사랑하게 되는 것. 존재하는 것만으로도 삶의 작은 활력이 되어주는 생존형 취미는 무엇보다 손쉽게 접근할 수 있다는 점에서 모두에게 추천하고 싶다. 분명 모두에게 하나쯤은 좋아하는 하루의 순간이 있을 테니까. 박연준 시인은 산문 「찬란하고 소소한 취미인생」(『모월모일』, 문학동네, 2020)에서 이렇게 말한다. "취미는 밋밋한 일상에서 그네를 타는 것, 평범함 속에 비상한 활력을 불어넣는 일"이라고.

그러니 지금이라도 찾아보자. 반복되는 일상에 기쁨을 가져다줄 무언가를. 그리고 새로운 날들을 즐거이 맞이해보자. 내일도 모레도 세상은 그대로겠지만 마음속엔 작은 즐거움이 싹트기 시작할 테고, 그러다보면 고단한 삶을 견딜 힘이 약간은 생기지 않을까. 모두의 안녕과 건투를 위해 생존형 취미를 권하는 바다.

초록의 기쁨

처음으로 식물을 샀던 날이 언제였던가. 가만히 되짚어보면 곧고 푸르른 율마 한 그루가 생각난다. 열일곱의 봄. 그때 처음 식물을 보고 '갖고 싶다'고 생각했던 기억이 선명하다. 그리고, 그 율마가 한 달 만에 시들어버린 기억도.

이후로도 종종 식물을 사고 또 샀지만, 어김없이 마지막은 슬픈 이별이었다. 한마디로 똥손이었다. 물을 많이 줘서, 덜 줘서, 볕을 너무 쐬어서, 빛이 없어서 등 가지각색의 이유로 소중한 생명들을 보내야 했다. 나는 아마도 좋은 식물 집사가 될 수 없나보다 하고 좌절했다. 자연히 식물과는 거리를 두는 삶을 살았다.

그러던 어느 날이었다. 그날은 슬픈 일이 있었고, 몸과 마음이 잔뜩 지쳐 있었다. 나를 위로해주려고 달려온 친구가 한참 동안 얘기를 들어주더니, 꽃을 사러 가자고 했다. 그대로 친구 손에 이끌려 동네 꽃집에 들어섰다. 봄을 맞은 가게 안은 각양각색의 꽃과 나무들이 뿜어내는 싱그러운 기운으로 가득했다. 크고 작은 잎이며 색색의 꽃들을 물끄러미 바라보고 있노라니 어느새 물먹은 솜처럼 가라앉아 있던 마음이 보송한 깃털처럼 가벼워졌다.

그리고 수많은 초록 사이에 눈에 쏙 들어오는 아이가 하나 있었다. 솔잎을 닮은 얇고 짧은 초록 잎에, 앙증맞은 크기의 연한 분홍빛 꽃. 이름이 왁스플라워라고 했다. 생전 듣도 보도 못한 식물이었지만 강렬한 이끌림을 느꼈다. 식물을 수없이 죽여왔던 전적 때문에 잠시 고민하기는 했지만, 어느새 나는 화분을 안고 있었다. 돌아오는 길에 화분에게 말을 건넸다. 너를 지킬 테니, 너는 나를 지켜봐달라고. 꼭 같이 행복한 시간을 보내자고. 그런 간절한 마음 때문이었는지 왁스플라워 '별이'는 한 번의 이사를 견디고 3년째 건강하게 살아있는 반려식물 1호가 되었다.

나는 분명 좋은 집사는 아니었다. 물때를 자주 거르기도 했고, 자라는 속도를 맞추지 못해 분갈이도 허둥지둥, 화원에서 응급처방 받듯 했다. 그럼에도 별이는 생각보다 씩씩하게 잘 자라주었다. 호주의 거친 사막에서 온 덕분에 물을 자주 필요로 하지 않아, 게으른 집사에게 어울리는 식물이어서 그럴지도 모르겠다.

별이를 기르면서 나는 식물이 주는 기쁨을 처음 경험했다. 첫겨울을 나고 봄을 맞았을 때, 그토록 기다리던 꽃망울이 터지는 걸 보고 너무나 놀라서 소리를 질렀다! 사진도 찍고 SNS에도 자랑했다. 다른 평범한 식물처럼 자기 몫을 다해 살아내고 있는 건데도, 마치 우주의 중력을 거스른 특별한 사건이라도 벌어진 것 같았다. 나는 정말로 고마움을 느꼈다. 부족한 돌봄에도 꿋꿋하게 살아줘서. 처음 건넸던 말처럼, 함께 건강하게 봄을 맞을 수 있어서 다행이라고 생각했다.

이후로도 많은 식물과 만났다. 산호초를 닮은 듯 가느다란 모양이 인상적인 연필 선인장 '산호'와 크리스마스트리를 닮은 용비 선인장 '용용이'는 2년 째 함께하고 있는데, 선인장은 잘 안 큰다는 말이 무색하게 폭풍 성장을 거듭했다. 특히 산호는 처음엔 허약한 상태라 막대기와 끈으로 고정해 세워야 했는데, 이제는 집을 굽어볼 정도로 굵고 튼실하게 컸다. 그 밖에도 당근마켓에서 입양해 온 아레카야자 '아레', 친구의 집들이 선물인 몬스테라 '몬스', 하얀 모자를 쓰고 인사하는 포즈의 선인장 '설이', 이름이 똑같아서 반가운 마음에 화원에서 데려온 선인장 '소정'까지. 많다면 많고 적다면 적은 일곱 개의 식물이 나와 함께 살아가고 있다.

그동안 들였다가 병들고 아파 보내줘야 했던 화분도 있었고, 개중엔 지금은 건강하지만 병치레를 크게 한 아이들도 있다. 그렇지만 결과적으로는 총 11회의 입양 중 7회는 성공한 셈이니 이제는 어엿한 식물 집사가 된 것만 같다. 남향의 양지바른 베란다에서 볕을 나란히 쬐고 있는 녀석들을 보면 기분이 그렇게 산뜻할 수가 없다. 그럴 때면 말을 걸기도 한다. 잘 잤는지, 오늘 날씨는 마음에 드는지, 덥거나 춥거나 목이 마르거나 너무 배부르지는 않냐고도 물어본다. 타거나 마르거나 처지거나 해충의 습격을 받지는 않았는지 확인도 하면서. 당연히 돌아오는 대답은 없지만 나는 초록이들이 내 말을 듣고 있다고 믿는다.

거기에 더해, 어쩌면 그들이야말로 가장 정확하고 냉정한 관찰자일지도 모르겠다는 생각도 한다. 특히 거실 책장에서 나를 내려다보고 있는 산호는, 내가 이 책상에서 얼마나 게으르고 또 분투하는지 잘 알고 있겠지.

권정민 작가의 『우리는 당신에 대해 조금 알고 있습니다』

별이, 산호, 용용이,

아레, 몬스, 설이.

나와 이름이 똑같은 '소정'까지.

초록의 기쁨

(2019)라는 그림책이 있다. 책 속 식물들은 거리에서, 카페에서, 집에서, 기타 많은 공간에서 조용히 존재하며 사람들의 말을 듣고 행동을 보는 존재로 묘사된다. 그처럼 나 역시도, 반려식물들이 나의 일거수일투족을 다 보고 있을지도 모르겠다는 상상을 종종 하고는 했다. 비밀스러운 이야기와 감정을 알고 있는 가장 가까운 존재가 바로 식물일 수도 있다는 것, 충분히 가능한 일일 것 같다. 인간과 식물이 서로를 온전히 읽을 수 없을지라도, 살아 있는 생명으로서 감각하고 교감할 수 있다는 것만은 확실하니까.

어떤 생명은 푸르게 자라는 것만으로도 든든한 힘이 된다는 것. 식물을 들이고 함께하기 전까지는 미처 몰랐다. 얼굴도 표정도 움직임도 온기도 없는 식물이 과연 반려가 될 수는 있는 건지 의심했다. 혹은 꽃이나 열매를 맺어 미적으로 아름다움을 주거나 실용적으로 가치가 있어야 하지 않느냐고 생각하기도 했다. 말 못하는 식물이지만 그도 생명이기에, 입양에는 최소한의 의무가 동반되기 마련이다. 그래서 항상 내가 잘 키울 수 있을지는 물론이고 들이는 노력에 비해 효용이 있을까를 따져 물어왔던 것 같다.

하지만 첫 반려식물을 들인 뒤로 그 생각이 얼마나 편협했는지 깨닫게 되었다. 식물을 기른다는 건, 내가 어떤 생명의 우주가 된다는 것이었다. 인위적인 베란다 정원에서 바람과 햇살과 물과 토양을 관장하는 건 인간인 나니까. 이렇게 적고 나니 상당히 무거운 직책을 맡는 것처럼 보이지만, 그 중요성과 책임감에 비해서 하는 일은 생각보다 적다. 일주일에 한두 번 정도 물을 관리하고, 바람과 해가 적절하도록 온도나 습도가 급격하게 바뀌는 시기에 맞추어 자리를 바꿔주거나 한다. 그 밖에 분갈이나 해충 방제 같은 건 연례행사다. 그게 다다.

그런데도 이 식물들은 용케 낯선 환경에서 자리를 잡고 새순을 틔워올리거나 꽃을 활짝 피워낸다. 가만히 잠든 것처럼 보여도, 때가 되면 살아 있음을 온몸으로 보여준다. 괴로움도 마찬가지다. 물이 부족하거나 환경이 적절하지 않다면 잎을 떨구는 등 있는 힘껏 목소리를 낸다. 둔하고 게으른 집사가 마지막 구조 신호를 놓치면, 이제는 영원한 작별에 접어든다. 그렇게 나름의 방식으로, 식물은 자기만의 우주를 펼쳐 보인다. 내가 그의 우주가 되었을 때 그가 보답으로 자기만의 우주를 보여준다는 것, 이보다 더 아름다운 교감이 있을까.

영화 「마션」(2015)은 화성의 우주기지에 홀로 고립된 워트니를 주인공으로 하는 SF 영화다. 워트니는 식량이 점점 바닥나는 위기를 극복하기 위해 기지 안에서 우연히 발견한 감자를 심어 기른다. 화성에서 감자 기르기라니, 불가능한 미션처럼 보이지만 그의 직업은 식물학자. 그는 배운 지식을 총동원해 우여곡절 끝에 싹을 틔우는 데 성공한다. 얼마 지나 땅 위로 빼꼼 고개를 내민 싹 하나, 그 싹을 조심스럽게 쓰다듬는 그의 모습에서 지난날 내가 경험했던 식물의 경이로움이 전해졌다.

영화 속 감자는 식량으로 묘사되지만, 만일 실제 상황이었다면 감자의 역할이 비단 식량에 그치지는 않았을 것이라고 생각한다. 이 광활한 우주에 나 이외의 생명체가 있다는 사실 자체가 엄청난 마음의 위안을 주니까. 아마 내가 워트니였다면, 그 씨감자에 이름을 붙여 반려 감자 삼고도 남았을 테다.

내가 경험한 식물 키우기의 기쁨은, 세간에 알려진 것보다 훨씬 구체적이고 직접적이며 이타적이었다. 다른 존재와 한 공간에 살아 숨 쉰다는 것. 그가 촉감과 향기와 형태와 색을 지녔다는 것. 그리고 그 생명을 위해 서툴지만 노력하는 스스로를 발견한다는 것. 혼자 살지만 혼자가 아니라고 느끼는 건 반려식물이 있기 때문이라고 생각한다. 묵묵히 살아가는 것만으로도 힘을 주는 고마운 식물들.

반려식물에 관심을 가지기 시작했다면, 처음부터 비장할 필요는 없다고 생각한다. 인연은 늘 예고 없이 찾아오는 법이니까. 골목 어귀의 어느 동네 꽃집에서, 생필품을 사러 간 마트에서, 유원지에서 화분을 파는 트럭 장수에게서, 식물을 무성하게 길러 주변에 나눠주는 금손 친구에게서, 정든 식물을 사정상 떠나보내야 하는 옛 주인에게서, 그리고 아파트 화단 구석에 버려져 간절히 구조를 기다리는 식물에게서. 어디서 나의 식물을 발견하게 될지 알 수 없는 일이니 말이다. 언젠가 그를 만난다면 이것만 기억하기를 바란다. 빛, 바람, 물과 사랑의 적당함. 식물과 함께 이 네 가지를 찾아가는 여정은 분명 우주를 발견하는 것만큼 멋질 테니.

취미는 사랑

한때 내 별명은 '금사빠'였다. '금방 사랑에 빠지다'라는 뜻인데, 뭐든 금세 반해버렸기 때문이다. 대상도 다양했다. 사람, 사물, 행위를 가리지 않았다. 그래서 취미가 많았다. 책 읽기, 십자수, 각종 수집 활동, 피아노·드럼·기타·우쿨렐레 등 악기 연주, 사진, 글쓰기, 블로그, 트위터, 공연 보기, 영화·드라마 보기, 수영, 등산, 산책, 여행, 온천, 목욕탕 순례까지, 모두 지금까지 한 취미 목록이다. 뭐가 됐든 재미있어 보이면 눈을 반짝이며 달려가곤 했기에 가능한 일이었다.

이런 나를 두고 어른들은 '재주가 많으면 굶어죽는다'며 걱정했다. 하나를 해도 제대로 해야 한다고. 그래야 한 분야에 통달해 뭐가 돼도 될 거라고 했다. 틀린 말은 아니었다. 나조차도 끈기 없음을 큰 단점으로 여겼으니까. 그때는 직업이든 취미든 한 가지에 정진하는 게 미덕으로 여겨지는 시대였다.

하지만 요즘은 분위기가 역전됐다. 평생직장이 사라졌고 워커홀릭의 시대는 저물어간다. 이제는 출근보다 퇴근 이후를 어떻게 보내느냐가 삶의 질을 좌우한다. 이른바 '저녁이 있는 삶'이 화두가 된 지는 오래. 여유 시간을 무엇으로 채워야 삶의 만족도를 높일 수 있을지 모두가 고민하고 있다. 나 또한 저녁 있는 삶이 생기고 나서야 취미의 세계로 재진입한 직장인 1로서, 그리고 그 취미로 어쩌다 재미있는 타이틀(회사원 겸 온천 명인)을 얻은 입장에서 취미에 대해 생각해보게 되는 일이 종종 있다. 내게 일과 삶의 균형을 어떻게 유지하냐고 물어오는 이가 있을 때다. 그러면 나는 되묻곤 한다. 무엇을 하고 싶으냐고.

그런데 돌아오는 답은 의외였다. 제일 많은 답은 '뭘 할지 모르겠다'는 거고, 그다음으로는 외국어 공부 정도가 꼽힌다. 이유를 물으면 뜻밖에도 '해야 해서'라는 말이 돌아온다.

'뭘 할지 모르'는 건 새로운 걸 찾으면 되니까 괜찮았다. 그런데 '해야 해서' 외국어 공부며 운동을 하겠다는 말에는 당

취미는 사랑

황했다. 내가 아는 한, 해야 하는 일은 취미가 아니라 일이니까 말이다. 그렇게 되면 휴식 시간마저 생산 시간이 되지 않을까? 에너지를 충전하는 시간이, 에너지를 도로 앗아가는 시간으로 변질하는 거다.

심지어 일터에서 자기계발을 구실로 여가활동을 정해주는 경우가 심심찮게 있다는 것도 대화를 나누다 알았다. 특정 도서를 읽으라던가, 어학 점수를 따오라는 식으로 말이다. 퇴근 시간 이후는 엄연히 개인의 시간인 데다, 충분히 휴식을 취해야 다음날의 업무 효율도 오를 텐데. 어째서 그러는지 도무지 이해되지 않았다. 환경이 그러니 당연하다는 생각마저 들었다.

물론 유용하게 쓰일 만한 걸 하는 것도 좋은 일이다. 좋아하는 일인데 유용하기까지 하면 금상첨화 아닌가. 하지만 두 마리 토끼를 잡는 건 생각보다 쉽지 않다. 그렇기에 첫 취미를 택하는 이들에게는 무조건 취미의 '즐거움'에만 집중하기를 권한다. 재밌고 신나는 시간이 쌓이고 쌓이면, 위기 상황에서 버틸 강력한 힘이 되어주기 때문이다.

사는 게 팍팍할 때 힘이 되어준 건 순수한 애정으로 품은 취미였다. 위기를 맞을 때마다 좋아하는 것들로 에너지를 충

셋, 작은 사랑을 계속하기

전하며 흔들리는 무게중심을 잡았다. 가장 큰 힘을 받았던 취미는 여행과 목욕이었다. 어느 금요일 밤, 충동적으로 끊은 1박 2일짜리 제주도행 항공권이 시작이었다. 돈과 시간을 들이면 어디든지 갈 수 있다는 사실에 감탄했고, 그 자유를 누리기 위해 주중에 열심히 일하고 주말에 떠났다.

피곤이 덕지덕지 때처럼 낀 날이면 나는 무거운 발걸음을 이끌고 목욕탕으로 향하곤 했다. 온탕과 열탕, 냉탕을 오가며 때 빼고 광내다보면 어느새 스트레스가 말끔히 녹아 사라졌다. 그리고 목욕탕은 또 어떤가. 목욕탕의 귀여운 부분을 꽤 좋아하는 애호가로서, 전국의 목욕탕을 순례하며 또 다른 에너지를 얻었다. 이상하게도 그랬다. 아마도 내가 몰두할 수 있는 대상이고, 시간이 흐르는 걸 잊을 만큼 좋아하는 일이라 그러지 않았을까? 누구에게 보여주고자 하는 것도, 평가의 대상이 되는 것도 아니고 오로지 내가 좋아서 한 일이었다.

그렇게 취미생활에 탄력이 붙자 자연히 회사생활도 괜찮아졌다. 이 며칠을 견디면, 지금 하는 일을 해내면, 곧 자유의 몸이 된다는 사실 하나만 보고 버틸 수 있었다. 안 과장이 아니라 자연인 안소정으로 살 수 있다고 생각하면 뭐든 견딜 수 있을 것 같은 힘이 솟았다. 나는 그렇게 취미를 버팀목 삼

취미는 사랑

아 지난한 일들을 버텨왔다.

앞의 질문으로 돌아가, 아직 취미를 찾지 못한 이들에게는 이렇게 말하고 싶다. 생각만 해도 즐거운 일은 누구나 하나쯤 있고, 꼭 잘할 필요 없다고 말이다. 일과 취미의 균형을 바로 세우고 그 시간을 제대로 채우기 위해선, 남의 시선 신경쓰지 않고 그 누구의 눈치도 보지 말고 내가 좋아하는 일을 찾는 게 우선이다.

그러려면 이것저것 시도해봐야 한다. 너무 막연하다면 남들 하는 걸 따라 해봐도 좋다. 조금이라도 관심이 기운다면 과감하게 실행에 옮겨보자. 그것만으로도 나만의 취미를 찾을 가능성은 커진다. 그리고 운 좋게 하고픈 일을 찾았다면 내일로 미루지 말고 지금 당장 기쁨을 누리자. 그저 일상의 귀퉁이에 잠깐 자리를 내어주는 것만으로도 충분하다. 건물주는 못 될지언정 마음속 쉼터에 견고한 벽돌 한 장씩 쌓아올릴 수는 있으리라.

그러니, 부디 회사의 관리자 여러분께 이 말을 드리고 싶다. 취미는 자기계발이 아니며, 강요할 수 있는 무언가가 아니라고. 그리고 삶의 의미를 되찾으려 선봉장에 선 '칼퇴 요정'

들에게 눈치 주지 말고, 함께 자리를 박차고 일어나 각자의 행복을 찾아나서자고 말이다. 목욕 가방 들고 길 떠나 개운하게 씻은 뒤, 꿀맛 같은 밥 먹는 재미로 사는 제가 보증합니다. 취미는 사랑입니다.

덕력 이퀄 생활력

번아웃이 나를 휩쓸고 갔던 8년 전 즈음, 나는 밤낮으로 누워 있기만 했다. 회사와 집을 오가며 반복되는 생활 속에서 나도 모르는 사이에 무기력해진 것이다. 무얼 할 의욕도 힘도 없었다. 그런 중에 잠은 언제나 달았다. 괴로운 생각들을 잠시나마 잊을 수 있었으니까. 꿈속을 헤매다 지치면 뻐근해진 허리를 두드리며 일어나 스마트폰만 만지작거렸다. 그렇게 아무것도 하지 않고 반년 정도를 보냈던 것 같다. 한 장의 사진을 보기 전까진 말이다.

여기서 잠깐 숨을 고르고 고백하고자 한다. 2014년 10월 17일 저녁 무렵, 나는 배우 임시완에게 입덕했다. 흔히 말하는 '덕통 사고'였다.

그전까지는 연예인을 좋아해본 적이 없었다. 학창시절, 아이돌에도 관심이 없었던 나로서는 난생처음 겪는 덕통 사고에 정신이 혼미해질 지경이었다. 무섭게 빨려들어가는 스스로를 보며 '덕질은 원래 다 이런 건가' 싶었다. 일하고 잠자는 시간 빼고는 드라마며 온라인 커뮤니티에서 자료를 찾아보고 다른 팬들과 이야기 나눴다. 좋아하는 대상에 집중하다보니 자연스레 즐겁고 긍정적인 마음이 샘솟았고, 한없이 가라앉아 있던 생활에 조금씩 생기가 돌기 시작했다.

한술 더 떠, 그를 따라 운동도 시작했다. 어느 인터뷰에서 그가 운동을 열심히 하고 있다는 대목을 읽은 뒤였다. 저렇게 마르고 가냘픈 사람도 건강을 위해 운동한다는데, 이대로 가만히 있을 수는 없다는 묘한 자극도 받았다. 아무 상관도 없는 그와 나를 굳이 비교하며 운동을 시작하다니. 다소 황당한 논리이긴 했지만 어쨌거나 그조차도 삶의 활력소가 되었다. 열심히 사는 대상을 좋아하다보니 나도 열심히 살아야만 할 것 같았다. 단순히 잘생긴 얼굴에 감탄하는 단계를 넘어서 그의 건강함을 닮고 싶다는 생각을 했다. 비록 그게 만들어진 이미지라고 해도 말이다.

그때 알았다. 무언가를 동경하거나 좋아하는 마음은 의외로 꽤 유용하다는 사실을. 좋아하는 일에는 나를 일으킬 힘이 있다는 것을.

그후로, 덕질을 꾸준히 해오던 오래된 친구들과도 새롭게 소통하게 되었다. '네가 이런 마음으로 덕질을 했구나' 하고 완전히 이해할 수 있게 되자 친구들과의 이야깃거리도 한층 풍부해졌다. 그들이 말하는 덕질의 효용이란 나를 살아 있게 끔 만들어준다는 거였다. 이 팍팍한 세상, 나를 웃게 해주는 대상이 있다는 것만으로도 위로가 된다고 했다. 이런 말도 했던 것 같다. 나이들어서도 계속 무언가에 반하고 좋아할 수 있는 어른이 되면 좋겠다고, 그러면 마음이 조금은 천천히 늙지 않을까, 하고 말이다.

약 1년 후 나는 '휴덕기(덕질을 쉬어가는 시기)'를 맞으며 인생 첫 덕질을 자연스럽게 정리하게 되었다. 하지만 덕질에 시작은 있어도 끝은 없는 법. 잔뜩 올라간 덕질 게이지는 다른 분야로 옮아가게 되었다. 나의 인생 덕질, 바로 '목욕 덕질'이다. 당시 휴가 때마다 일본 여행을 하곤 했는데, 여행중 우연히 들른 온천에서 그야말로 신세계를 맛보게 된 게 시작이었다. 따뜻하고 매끈한 물에 몸을 담글 때 소름이 오스스 돋는 짜릿함, 젖은 몸을 가을볕에 말릴 때의 상쾌한 해방감. 이후로 몇 번이고 그 감각을 느끼기 위해 온천이며 목욕탕만을 위한 여행을 다녀왔고, 정신 차려보니 어느덧 온천 명인이 되어 있었다.

그런데 목욕 덕질은 그전과는 달랐는데, 가장 큰 차이는 본격적으로 영업을 시작했다는 점이다. 이전에는 조용히 혼자 소비하는 덕질이었다면, 이번에는 블로그에 적극적으로 온천 여행을 기록하며 열띤 홍보를 하는 생산자가 되었다. 아무도 시킨 적 없는데도, 좋아하는 마음은 나를 기록자로 만들었다. 그 배경에는 '덕친(덕질 친구)를 갖고 싶다'는 희망 사항과 '좋아하는 것에 대해 누군가와 소통하고 싶다'는 간절함도 있었다. 목마른 자가 우물을 판다고, 마이너한 분야다보니 내가 생산하지 않으면 소비할 것도 없는 상황이었다.

정보를 찾는 일 또한 그전과는 달랐다. 자료 대부분은 일본어였고, 현지 온천에서 만나는 덕친들도 모두 일본인이었기 때문에 일본어 공부가 필수였다. 하지만 이건 어디까지나 취미를 위한 취미이니, 부담스럽게 공부를 하고 싶지는 않았다. 그래서 매일 다섯 쪽만 풀면 되는 아동용 학습지를 구독하기 시작했다. '간판을 읽어보자'라는 소박한 목표로 히라가나와 가타카나를 익히고, 온천에서 만난 친구들과 가벼운 대화 정도는 나눠보자는 생각으로 단계를 밟아나갔다. 얼마

덕력 이퀄 생활력

뒤, 아주 초급 레벨이긴 하지만 일본어 시험에 응시해 합격하기도 했다.

일은 더 커졌다. 주변에서 내 여행기가 재밌다고 말해주어 용기를 내 여행기를 투고했고, 그 결과 책으로 엮여 나온 것이었다. 그후, 사람들은 나를 '온천 명인'이라 불렀다. 혹은 작가라고도 했다. 이상한 일이었다. 온천을 좋아했을 뿐인데 대체 어떻게 된 일이람. 무기력하게 누워만 있던 나는 사라지고 없었다. 좋아하는 것 앞에서 이토록 부지런해질 수 있을 뿐더러 전혀 다른 사람이 될 수도 있다는 걸, 그래서 상상도 하지 못한 곳으로 나를 데려갈 수도 있다는 걸 알게 되었다.

이른바 '덕질의 선순환'이었다. 좋아하는 일에 힘을 쏟으면, 그 힘이 몇 배로 커져 돌아온다는 선순환 말이다. 덕질에 쏟아부은 힘은 매일의 일상을 움직일 '생활력'이 되어주었다. 덕질은 쳇바퀴처럼 돌아가는 현생을 견딜 수 있게 해주었고, 덕분에 지금까지도 퇴사하지 않고 회사원으로 남아 있다(고 생각한다).

그러니 혹 이 글을 읽는 여러분이 지금 무기력한 상태라면, 그래서 삶의 활력소를 찾고 싶다면 먼저 자그마한 것이라도 좋으니 '좋아하는 것'을 찾아봤으면 좋겠다. 사람이든 동물이든 물건이든 행위나 장소든, 그 무엇이든 간에 좋아하는 마음이 든다면 그것만으로도 충분하다. 그리고 한층 더 오래 바라보고 깊게 들여다보면 알게 될 거다. 내 안에 나도 몰랐던 사랑이 가득하다는 사실을. 덕질의 동의어는 결국 사랑이고, 사랑은 종종 우리를 알 수 없는 곳으로 데려가고는 하니까.

'덕력=생활력'. 부디, 이 공식을 여러분도 체험하기를 바란다.

레트로 목욕 마니아

2018년 봄, 자유의 여신상 부조가 외벽에 크게 걸린 목욕탕에 갔다. 창원시 진해구의 자유탕은 본격적으로 목욕탕 덕질을 하겠노라 마음먹은 뒤 처음 간 곳이었다.

어느 날 일본 여행중에 문득 이런 생각이 들었다. '한국에서 목욕 덕질을 계속할 수는 없을까?' 그도 그럴 것이 1년에 두 번, 그것도 겨우 닷새 정도의 시간을 벌어서 온천 도장 수십 개를 깨는 게 여행 패턴이었으니, 매일같이 온천을 즐기는 벳푸의 온천 마니아 친구들처럼 나도 자주, 여유롭게 온천을 즐기고 싶었다. 한편으로는 그들의 온천 애호 활동이 조금 부럽기도 했다. 마니아들이 점조직처럼 활동하며 정보도 공유하고 네트워킹도 하는 문화를 살짝 기웃거리기도 해본 터라

나도 조국의 목욕 탐방을 시도해보면 어떨까 싶었다.

　동네 목욕탕은 외지인이 순례하기에 참 애매한 장소다. 요즘같이 리뷰가 활성화된 시대에도 딱히 쓸 만한 정보를 찾기가 어렵다. 전국구 맛집은 제법 있어도 전국구 목욕탕은 드문 것처럼, 입소문도 아주 좁은 커뮤니티에 한정된다. 보통 우연히 지나가다 발견하거나, 미리 온라인 지도로 외관을 확인하는 정도가 다다. 그래서 제보의 도움을 받을 때가 종종 있는데, 이곳도 그런 경우였다. 제보자인 친구는 우연히 버스에서 이 목욕탕을 보았다고 했다. 목욕 바구니를 든 뽀글머리 할머니들이 버스에서 우르르 내리길래 고개를 들어보니, 웬 자유의 여신상이 커다랗게 새겨진 목욕탕이 있었다고. 왠지 내가 좋아할 것 같았다는 친구의 예감은 적중했다. 이야기를 듣자마자 흥분한 나는 친구를 꾀어내 그 목욕탕으로 한달음에 달려갔다.

　직접 마주한 목욕탕은 크고도 작았다. 무슨 말인가 하면 겉과 속이 좀 달랐다. 3층짜리 건물 전체가 목욕탕인 것에 더해 외벽 정면 한가운데를 가득 채운 자유의 여신상 부조까지 생각하면 동네 목욕탕치고는 좀 크다는 느낌이었다. 찜질방이라도 있을 것 같달까. 그러나 문을 열고 들어가면 '이게

창원시 진해구의 자유탕은
목욕탕 덕질을 하겠노라 마음먹은 뒤
처음 간 곳이었다.

셋, 작은 사랑을 계속하기

다인가' 싶을 만큼 단출한 구성과 소담한 규모의 내부가 펼쳐진다. 온탕 하나, 열탕 하나, 냉탕 하나에 좌석도 열댓 개 남짓이 전부다. 그도 그럴 것이 여긴 시골 목욕탕이니까.

여탕의 고정 손님들은 주로 동네 할머니들이다. 문을 열고 들어서자마자 뽀글머리 할머니들이 친구와 나를 향해 3초간 시선을 고정했다. 의식하지 않으려 애쓰다보니 어색한 얼굴이 되었다. 둘러보니 젊은 사람이라곤 우리뿐. 그럴 수도 있겠다 싶었다. 조용히 자리를 잡고 몸을 씻은 뒤 따뜻한 물에 몸을 담갔다.

온탕이 욕실 한가운데 융기하듯 솟아 있어 전체가 한눈에 담겼다. 모서리에 자리를 잡고 앉아 구석구석을 살폈다. 낯섦과 익숙함이 동시에 밀려왔다. 그 기묘함이 목욕 여행의 가장 매력적인 부분이다. 새로운 환경에서 늘 하던 행위를 하고 있으면 일상과 여행의 경계가 모호해지는데, 특히 목욕탕은 이방인이 잘 찾지 않는 공간이라는 점에서 효과가 극대화된다. 그날도 마찬가지였다. 처음 와본 동네에서 몸을 담그는 상황이 생경하기 그지없는데, 눈앞에 펼쳐진 광경은 익히 알던 것들이었다. 화강암으로 된 회색 바닥과 길쭉한 직사각형의 하늘색 타일, 거울에 붙은 빛바랜 지역 광고, 의자와 대야가 겹겹이 쌓인 모습, 폭포수처럼 쏟아지는 냉탕의 물줄기,

빙글빙글 돌아가는 때밀이 기계에 기묘한 자세로 몸을 기대붙인 사람, 일행과 도란도란 이야기를 나누며 몸을 씻는 사람들도.

하나하나 눈에 담고 있자니 어쩐지 유년 시절의 한 장면이 떠올랐다. 사춘기 이전의 몇 년 동안, 우리 가족의 주말 일과는 함께 목욕하러 가는 거였다. 엎어지면 코 닿을 정도로 가까운 동네 목욕탕뿐만 아니라 가까운 교외의 온천도 자주 갔다. 부모님 두 분 모두 목욕을 좋아했고, 남동생은 만 4세에 열탕 마니아가 될 정도로 떡잎부터 다른 목욕 영재였다. 그에 반해 나는 뜨거운 걸 잘 못 견디는 어린이였다(물론 지금도 그렇다). 목욕 가자는 말에 혼자서 부루퉁한 얼굴을 하고 있으면, 아빠는 목욕 후에 먹는 물떡과 어묵이 얼마나 맛있는지 알지 않느냐며 나를 살살 달래곤 했다. 그럼 마지못한 척 제안을 수락하는 것이다. 그리고 약속대로 아빠와 동생은 언제나 길거리 분식집에서 나를 기다리고 있었다. 머리칼을 따라 뚝뚝 흐르는 물 따위 아랑곳하지 않은 채, 상쾌한 기분으로 아빠가 미리 점찍어둔 가장 잘 익은 어묵을 한 입 베어 물 때의 행복이란.

이후로 목욕 나들이가 뜸해지면서 자연스레 대중탕과 멀

어지고 자연스레 이 모든 것들을 잊었다고 생각했다. 그러나 그게 아니었다. 오도카니 탕에 앉아 그때를 떠올리고 있으니, 내가 어쩌다 목욕과 사랑에 빠졌는지 알 것 같았다. 나의 목욕 애호는 유전과 경험으로 물려받은 무형의 유산인 셈이었다. 사람들은 20대 여자가 가질 법한 취미가 아니라며 희한하다고 말했고 가끔은 나조차도 그런 내가 이해되지 않았지만 '콩 심은 데 콩 난다'라는 속담처럼 목욕 좋아하는 부모님의 영향을 받으며 자랐으니 당연한 결과가 아닐까? 생각이 여기까지 미치자 유레카를 외치고 싶었다. 내 취향이 어디에서 왔는지 알 수 있다는 건 생각보다 멋지고 놀라운 일이었다. 아주 오랫동안 찾아 헤매던 퍼즐의 마지막 조각을 끼운 것 같은 느낌이었다.

몸을 개운하게 씻고 밖으로 나왔다. 한껏 지루한 얼굴로 카운터에 앉아 있는 남자 사장님께 조심스레 말을 붙여보았다. 혹시 외벽의 자유의 여신상을 왜 만드셨느냐고, 목욕탕 이름과 관련이 있는 거냐고 말이다. 아저씨는 얼떨떨한 표정을 짓곤 잠시 침묵하더니, 단호히 말했다. "나는 중간에 바뀐 주인이라 그건 잘 모른다"고. 그랬다. 아저씨는 10여 년 전에 목욕탕을 인수한 두번째 사장이자 그런 사연에는 크게 관심이 없는 사장이었다. 즉, 자유탕이라는 이름이 붙은 경위도, 자유의 여신상을 좀 우스꽝스러운 비율로 만들게 된 이야기도 이제는 알 수 없다는 말이었다.

그날 이후 목욕탕 이야기가 더욱 궁금해졌다. 흔하고 평범한 동네 목욕탕이라서 아무도 관심 가지지 않는 걸까? 분명 지난 세월만큼 더께로 쌓인 이야기들이 있을 텐데. 누구도 궁금해하지 않고 눈여겨보지 않는 목욕탕 이야기를 나는 알고 싶었다. 사람 사는 게 다 비슷하다고 해도 저마다 인생이 굴곡지지 않은 데가 없는 것처럼, 똑같아 보이는 목욕탕에도 분명 그곳만의 개성이나 사연이 있을 것 같다는 확신이 들었다.

이후로 목욕 바구니를 차에 싣고 매주 다른 곳으로 향했다. 이런 목욕탕을 만나기를 바라면서. 낡았지만 정성스럽고 깔끔하게 관리한 모습이 흥미롭다 못해 경외감이 느껴지는 곳. 곳곳에서 목욕에 관한 주인의 생각을 읽을 수 있고 그곳만의 개성을 느낄 수 있는 곳. 그래서 쑥스러움을 이겨내면서까지 카운터 너머 사장님께 말을 붙여보고 싶은 그런 공간 말이다.

그런 곳은 드물 거라고 기대치를 낮춰 시작했지만, 의외로 자주 만날 수 있었다. 비밀은 작은 디테일을 눈여겨보는 데 있었다. 목욕탕 이름, 단골들의 수다, 타일과 벽화, 욕실 벽의 텔레비전, 입구의 낡은 괘종시계, 언젠가 덧칠한 것 같은 굴뚝, 햇볕에 바짝 말라 나부끼는 수건 같은 것들 말이다. 처음 보는 객의 엉뚱한 질문에도 주인장들은 친절히 이야기를 들려주었다. 잠깐 들여다보고선 알 수 없는 사연들, 잊히고 묻혀 세상 밖으로 드러나지 않았던 이야기들을 들을 때마다 진심으로 기쁘고 즐거웠다. 빠르게 변하는 세상에서 옛 방식을 지킨다는 게 쉬운 일은 아닐 텐데, 자부심과 뚝심으로 만든 오래된 풍경이 좋았다.

그러나 한때는 그런 취향을 스스로 검열하기도 했다. 낡은 목욕탕만 쫓아다니는 게 과연 윤리적으로 옳은 일인가. 마지못해 운영하고 있다며, 내일 문을 닫아도 이상하지 않은 곳인데 뭘 그리 궁금해하느냐고 박대를 받으면 그런 생각이 들었다. 오래된 목욕탕을 지금까지 유지해오는 경우는 두 종류로 나뉘었다. 구도심이지만 상권이 여전히 건재해서 오래된 채로도 영업이 잘되는 경우 혹은 인구가 급격히 줄어들어 현상 유지로 계속 버티는 경우. 물론 후자가 압도적으로 많다. 그런 점에서 나의 애호 활동이 누군가의 치열한 생업 현장을 낭만적이거나 단편적인 이미지로 소비하는 일이 될까 조심스러웠다.

혼란의 시기를 지나고 있을 무렵, 운명적으로 한 목욕탕을 만났다. 창원시 진해구의 옥수탕이다. 공교롭게도 또다른 친구의 제보 덕분이었다. 정말 보기 드문 목욕탕을 발견했다고 말하면서 보내온 한 장의 사진을 보고 단번에 마음을 빼앗겼다. 주말이 되자마자 친구와 친구의 네 살배기 딸과 함께 목욕탕으로 향했다.

우리는 모든 것들에 놀랐다. 눈앞에 보이는 모든 것들이 거의 근대문화유산 수준이었다. 그 어떤 레트로도 명함을 못 내밀 것 같았다. 나무로 단단히 짜인 카운터, 수동식 체중계, 1980년대의 장판과 소파, 손 글씨로 멋들어지게 쓴 입욕자 주의사항 안내문, 푸른빛 타일들이 아름답게 조화를 이룬, 무려 49년 역사의 아담한 탕까지. 묵묵히 거품을 온몸에 칠하며 아무렇지 않은 척했지만 마음은 대흥분 상태였다. 목욕은 뒷전이고 눈에 보이는 모든 것을 머릿속에 담으며 질문을 생각했다. 두근거리는 마음으로 마침 탈의실 바닥 청소에 여념이 없는 여자 사장님께 조심스레 말을 걸었다. "밸로 좋도 안 한데 뭐가 좋다꼬 그러냐"며 쑥스러워하시더니 다음날 다시 찾아오면 남편에게 목욕탕 이야기를 자세히 들을 수 있을 거라고 했다.

다음날 만난 남자 사장님은 차분히 옛날 기억을 되짚어가며 생생한 이야기를 들려주셨다. 시멘트로 벽돌을 직접 만들어 목욕탕을 지어올리고, 오일쇼크에 경영난을 겪고, 그럼에도 발 디딜 틈 없이 몰려드는 손님 덕에 증축까지 했던 전성기까지. 50여 년의 세월을 세세히 풀어놓으신 뒤 이렇게 마무리했다. 수많은 어려움 속에서도 흔들림 없었던 건 목욕탕이 고마웠기 때문이라고. 목욕탕 덕에 3대가 모두 건강하고 행복하게 지내고 있으니, 힘이 닿는 한 계속 목욕탕을 운영해 왔던 거라고 말이다. 비록 올해를 마지막으로 문을 닫겠지만, 지난 세월은 후회가 없었노라고 사장님은 담담히 말했다.

그로부터 시간이 한참 지나 지금까지 120여 곳이 넘는 온천과 목욕탕을 방문했다. 그럼에도 그날의 대화가 또렷이 기억나는 건, 인터뷰를 마치고 돌아오는 길에 내내 품고 있었던 고민이 사라졌던 까닭이다. 목욕탕이 사라지는 게 대수롭지 않을뿐더러 당연하게 여겨지는 세상에서, 누군가 그곳의 이야기를 궁금해하고 기록한다는 건 분명 의미가 있다. 무엇보다 내가 좋아하는 공간을 업으로 삼아온 사람들의 이야기를 듣고 남기는 일이라면 더더욱.

흠 하나 없이 매끈한 물건보다는 손때 묻은 빈티지를, 쭉

뻗은 대로보다는 옹기종기 집들이 모인 골목을, 어설퍼도 자신만의 주관이 담긴 것들을 사랑하는 나의 취향은 어쩌면 그 속에 녹아든 사람과 이야기를 궁금해하기 때문이 아닐까. 그러니 계속 좋아해도 될 것 같다는 안도감이 들었다. 열 살 무렵의 나도, 서른 줄의 나도 여전히 목욕을 좋아한다. 나는 여전히 레트로 목욕 마니아다.

부르크뮐러 18번 연습곡

기억에 오래 남은 장면이 하나 있다. 여섯 살의 나는 집 베란다에 앉아서 맞은편 건물 2층, 피아노 학원을 물끄러미 내려다보고 있었다. 귀를 쫑긋 세우면 희미하게 멜로디가 들려왔다. 며칠 뒤 엄마가 물었다. 피아노 배우고 싶냐고. 나는 망설임 없이 그렇다고 대답했다. 그게 피아노를 배우게 된 계기다. 어떤 강요도 없이 스스로 선택한 첫 취미였다. 그리고 악기 애호가의 삶이 시작된 순간이기도 했다.

지금까지 배우거나 독학하거나 사 모으거나 여러 가지 수단과 방법을 가리지 않고 다루게 된 악기는 다음과 같다. 피아노, 기타, 우쿨렐레, 드럼, 아코디언, 멜로디언, 카주, 젬베, 셰이커와 같은 자잘한 퍼커션, 칼림바. 이 정도로 악기 애호

가라고 할 수 있는지는 잘 모르겠지만, 많은 악기를 다뤄온 편이 아닐까 생각한다.

실은 이렇게 악기를 좋아한 건 꿈이 있었기 때문이다. 뮤지션이 되고 싶었다. 꽤 오랫동안 말이다. 멋있어 보이기도 했고, 무엇보다 음악을 좋아했다. 터무니없이 가벼운 이유였지만 좋아하는 것을 계속하고 싶다는 것, 그게 전부였다.

여섯 살부터 사춘기 전까지는 피아노만 치며 살았다. 피아노가 좋기도 했지만 "어머니, 얘는 꼭 전공하게 하셔야……"라는 말로 시작되는 칭찬이 꽤 듣기 좋았던 탓도 있다. 그러다가 사춘기가 찾아오자 밴드 음악이 좋아졌다. 독특한 걸하고 싶다는 중2다운 욕망과 훗날 뮤지션이 되는 데 밑거름이 되리라는 전략적 계산으로 드럼을 배우기 시작했다. 그렇게 폭풍 같은 사춘기는 스네어드럼과 하이햇을 두드리며 지나갔다.

대학에 입학했더니 어쿠스틱 음악이 마침 유행이었다. 기타를 배웠다. 어영부영 친구들과 만든 밴드에서 어쩌다 키보드와 아코디언과 멜로디언을 연주했고, 또 어깨너머로 젬베를 두드리고 셰이커를 흔들며 이런저런 악기들을 수집해왔다. 그러나 이 모든 악기를 통틀어 중급 이상의 실력을 갖춘 건 없었다. 뮤지션이 되고 싶다고 말했지만, 실은 내가 한 건 각종 악기 수집과 애호활동 수준이었다.

그 사실을 깨닫고 나자 더는 미련이 없어졌다. 어느 날 나는 악기들을 한데 모아 방 한구석에 밀어넣었다. 그리고 생각했다. 자, 이제 악기 수집 놀이는 끝내자. 그 무렵 나는 입사 지원을 하는 족족 탈락의 고배를 마시고 있었다. 쓸데없는 짓은 그만두고 생산성 있는 무언가를 해서 얼른 돈을 벌어야 겠다고 생각했다. 「대학가요제」도 없어졌고 홍대도 버스킹 소음으로 골머리를 앓는다고 하는데 나까지 레드오션에 뛰 어들 자신이 없기도 했다. 그렇게 뮤지션의 꿈은 악기 무덤과 함께 사라졌고, 얼마 후 첫 직장을 구하는 데 성공했다.

사회생활이 시작되자 그야말로 헬게이트가 열렸다. 이리 저리 치이고 구르며 맞는 옷을 찾느라 시행착오를 겪었다. 처 음에는 물리적 여유가 없었다. '취침 시간이 있는 삶'인 게 다 행일 지경이었다. 그러다 저녁이 있는 삶을 가지게 되었지만, 그런데도 예전처럼 악기 애호가로 살 생각을 하지는 못했다. 생각보다 돈의 여유가 없어서, 마음의 여유가 없어서, 시간의 여유가 없어서 등 이런저런 이유로 악기를 잊어갔다.

그러던 어느 날 이사 준비를 하다가 봉인된 악기 무덤 속 먼지 뒤집어쓴 키보드를 발견했다. 키보드를 보자마자 웬일인지 한번 쳐보고 싶다는 생각이 들었다. 전원을 켜서 손가락을 움직여보았다. 손가락 하나하나, 조심히 움직여 구보하듯 건반 위를 옮겨다녔다. 그날 이삿짐을 싸다 말고 그렇게 두어 시간을 꼼짝하지 않고 연주했다. 그랬더니 복잡했던 머릿속이 맑아지는 걸 느낄 수 있었다. 이게 악기 연주의 매력이지 싶었다. 신기하게도, 그 일이 있고 얼마 뒤 동료가 피아노를 배워보지 않겠냐고 권유해왔다. 얼마 전의 경험이 생각나서였을까, 나는 찰나의 망설임도 없이 곧장 수업을 등록했다.

배움을 결심한 이유는 단순했다. 잘 닦인 조약돌처럼 매끄럽고 아름다운 건반, 그 위에 손끝을 얹으면 서늘한 촉감에 뒤가 선득한 느낌이며 음의 진동이 온몸을 흔들어놓는 듯한 감각을 다시 느끼고 싶었다. 수업을 받으며 잊고 있던 즐거움이 조금씩 되살아났다. 그러자 지난 세월 내가 악기 애호가로서 살았던 시간이 얼마나 소중한 것이었는지 알게 되었다. 굳이 대단한 무엇이 되지 않아도, 좋아하는 마음으로 무언가 꾸준히 계속해나가는 것 자체가 삶의 원동력이 되어준다는 걸 말이다. 그러니 뮤지션 대신 악기 애호가로 살게 된 지금은, 얼치기긴 하지만 나쁘지 않은 결말 아닐까.

요즘 내 가방에는 1996년도에 발간된 『부르크뮐러 18번 연습곡』 책이 들어 있다. 삐뚤빼뚤한 유년의 필체로 '해바라기 음악학원 안소정'이 적힌, 누렇게 뜬 그 옛 악보를 따라 그때처럼 서툴게 연주한다. 가볍게 달걀을 쥐듯 손가락을 둥글게 말고, 팔과 어깨에 힘을 빼고, 가볍게 혹은 무겁게 건반을 두드린다. 그 순간만큼은 여덟 살의 시간으로 돌아가는 기분 좋은 상상을 하면서.

참, 그래서 말인데 이왕 다시 악기 애호가의 삶을 시작한 김에 언젠가는 첼로에 도전해보고 싶다. 다음에는 플루트, 그다음에는 만돌린도 좋을 것 같고. 언젠가는 집에 악기 무덤이 아니라 연습실을 만들어야지. 악기들을 방 한구석에 밀어놓고 지난 시간을 후회하기보다, 잘 닦아 제자리에 놓아두고 단 10분이라도 즐겁게 연주하는 편이 인생을 좀더 리드미컬하게 살아가는 방법이 될 테니.

특가 항공권의 미덕

사람들은 저마다의 이유로 떠난다. 가령 이런 것들이다. 쉬려고, 누군가와 함께 혹은 혼자이기 위해, 새로운 풍경을 보거나 맛있는 걸 먹으려고, 그냥 떠나고 싶어서, 잃어버린 자아를 찾으려고. 나도 그와 비슷한 이유로 여러 번 여행 가방을 꾸리곤 했다. 하지만 실은 그보다 더 강력하면서도 근본적인 여행의 이유는 따로 있었다. 그건 바로, '과거의 내가 끊은 항공권'이다.

지난 크리스마스, 나는 호주 골드코스트 해변을 홀로 걷고 있었다. 거리에는 귀에 익숙한 캐럴이 흘러나오고 가로수는 반짝이는 알전구로 장식되어 연말 분위기가 물씬 풍겼다. 남반구의 크리스마스, 그러니까 서머 크리스마스는 어떨까 궁금했는데 사람들이 반소매 차림이라는 것과 나뭇잎이 온통 푸르다는 것 말고는 크게 다른 점을 찾아볼 수 없었다. 이런저런 가게에 들러 구경도 하고 커피 한 잔도 마시는 사치스러운 여유를 부린 지 사흘째였다. 사람들로 발 디딜 틈 없는 낯선 거리를 혼자 유유자적 걸으며 생각했다. 난 대체 여기 왜 있는 걸까.

애초에 이 여행을 떠나온 건 말이 안 되는 일이었다. 9월 말 퇴근 무렵이었던 걸로 기억한다. 메일함에 한 통의 메일이 꽂혀 있었다. 호주 골드코스트행 항공권을 왕복 30만 원대에 판다는 내용이었다. 노선 첫 취항 기념이라나. 그것도 잠시 뒤인 여섯시부터였다. 나는 이런저런 업무를 마무리한 뒤 곧바로 퇴근할까 하다 호기심에 예매 사이트에 들어가보기로 했다. 밑져야 본전, 되면 좋고 아니면 말고. 그렇게 생각하며 남은 연차 개수를 헤아려보았다. 나흘 정도 여유가 있었다. 어차피 연말까지는 모두 쓸 심산이었으니, 주말과 공휴일을 끼는 날짜를 어림잡아 셈해보니 크리스마스 무렵이 괜찮을 것 같았다.

이윽고 시간이 되어 예매 사이트에 접속했는데 웬걸, 이상하리만치 막힘없이 창들이 넘어가는 거였다. 로그인 성공, 날짜 지정 완료, 그리고 결제. 총 3단계로 이루어진 티켓팅 과정은 순식간에 끝나버리고 말았다. 약관을 읽은 건 이미 예약이 끝난 뒤였다. '본 항공권은 특가 상품으로, 어떤 경우에도 결제 후에는 환불 불가입니다.'

금액은 정확히 '35만8055원'이었다. 싸도 너무 쌌다. 그런데 호주라니요. 갑자기 진땀이 났다. 이걸 가야 하나? 일정도 빡빡했다. 4박 6일이었다. 게다가 인천 출발이라 지방에 사는 나는 KTX까지 타야 했다. 기차비를 더해도 왕복에 45만원 정도라 가격은 나쁘지 않았지만, 문제는 돈이 아닌 것 같았다. 대체 내 여행 동기는 어디에 있는지 도무지 알 길이 없었다. 관심도 없던 호주라니. 골드코스트에는 온천이 있던가? 왜 이걸 덜컥 끊었는지 스스로도 알다가도 모를 일이었다.

나는 더듬거리는 영어 실력으로 호주 현지 항공사에 전화를 시도했다. "제가 오늘 결제했는데요, 정말 환불 불가인가요?" 상담 직원은 밝은 목소리로 말했다. "네, 그럼요. 환불 안됩니다. 일정을 보니 20일에 출발하셔서 25일 크리스마스에 돌아오시네요. 혼자시고요. 골드코스트의 여름 크리스마스 시즌도 멋질 테니 가보시는 건 어떨까요?" 사뭇 친절하고 다정한 그의 영업용 멘트에 나는 오케이, 예스. 언더스탠드. 아이 싱크 소, 땡큐를 섞어가며 전화를 끊었다. 그리고 하릴없이 여행을 떠났다.

　처음 마주한 골드코스트는 너무나도 친숙했다. 분명 어디선가 본 것 같은 모습이었다. 끝도 없이 길게 펼쳐진 해변가, 그리고 그 라인을 따라 멋지게 들어선 마천루들. 그렇다. 내 고향 부산, 그것도 해운대와 무척 닮아 있었다. 해운대라니, 비행기를 아홉 시간 타고 도착한 곳이 사는 곳 바로 옆 동네 풍경과 닮아 있어 놀라웠다. 사람 사는 데는 여기나 거기나 똑같은 걸까.

　나는 어느 공원의 매점에서 롱블랙을 홀짝이며 풍광을 바라보았다. 드넓은 잔디밭, 그 너머로 강이 흐르고, 사람들은 캐치볼을 하거나 개와 산책을 하고 있었다. 그뒤로 수공예품을 파는 마켓에 잠깐 들러보고, 서점에 가서 괜히 읽지도 않을 원서 두 권도 사고, 연말의 흥청거리는 분위기의 쇼핑몰에서 휴일 기분을 잔뜩 누려보기도 했다. 처음으로 패들보트라는 걸 타며 액티비티에 도전했고, 크리스마스이브 저녁에는 고급 레스토랑을 예약해 혼자 당당히 스테이크를 썰기도 했다.

　이런저런 계획이, 볼거리가, 먹을 게 지천에 있었다. 단 하나, 온천만 빼고 말이다. 그것만큼은 그렇게 아쉬울 수가 없었지만 나름대로 좋았다. 골드코스트는 해운대랑 꽤 비슷하다는 것, 날씨가 매우 좋고 사람들이 친절하다는 것, 그리고 스테이크가 싸고 맛있다는 것, 직접 본 코알라는 인형을 두 개나 살 만큼 귀엽다는 것. 그리고, 이 모든 게 다 좋았지만 이 도시는 결코 내 취향이 아니라는 것. 그 어느 것 하나도 떠나오지 않았더라면 알지 못했을 테다. 그러니까 나름 '35만 8055원'의 유혹에 넘어가길 잘한 셈이라고, 돌아오는 길에 생각했다. 그리고 무사히 돌아와 안도의 한숨을 내쉬었다.

사실 이런 특가 여행은 골드코스트가 처음은 아니었다. 실은 꽤 여러 번의 경험이 있다. 자주 가던 일본 여행도 첫 시작은 특가 항공권이었는데, 그 무렵에는 엔화까지 무척 저렴해서 일본에 관심이 없었는데도 떠날 수밖에 없었다. 감사하게도 이런 특가 항공권은 온천 명인의 씨앗이 되기도 했다. 우연히 떠난 일본 여행에서 온천을 좋아하게 되고, 급기야 온천 명인까지 되었으니. 과장 좀 보태 특가 항공권이 아니었더라면 온천 명인은커녕 온천의 기쁨도 알지 못했을 거라 생각하니 아찔하다.

한편 대만도 그런 이유로 떠난 여행지였다. 왕복 10만 원에 대만 가오슝까지 가는 항공권을 구한 게 발단이었다. 가오슝에서 기차로 한 시간 떨어진 타이난이라는 도시에서 사흘을 보내며 그 도시와 사랑에 빠졌다. 거리마다 초록이 가득한 풍경이며 맛있는 음식과 친절한 사람들, 거기다 좋은 온천까지. 무엇보다 머물렀던 에어비앤비가 이제껏 경험한 곳 중 가장 멋졌기 때문에 더욱 좋았다. 만일 특가 항공권을 끊지 않았다면 이 사랑스러운 도시를 거닐지 못했을 테니, 특가에 자주 현혹되는 스스로가 기특할 지경이다.

나는 특가 항공권을 무척 사랑하고 또 애용했으며 그 덕분에 전혀 몰랐던 세계를 꽤 많이 알게 되었다. 그리고 그 세계의 일부를 빌려와, 새로운 나만의 세계를 구축해왔다. 전혀 몰랐던 새로운 것들을 보고 듣고 느끼기 위해 여행을 떠난다고 믿는 나니까. 덜컥 항공권부터 지르는 것이 지극히 조급한 성향처럼 보일지 모르겠으나 알고 보면 이것도 다 계획적인 행동이라고 변호해본다.

그러나 안타깝게도 코로나19로 이제 특가 여행의 시대도 저무는 듯하다. 언제 다시 예전처럼 떠날 수 있을지 기약이 없는 요즘, 과거의 여행 행적을 떠올리며 종종 생각한다. 무작정 떠날 수 있는 돈과 시간과 체력, 이 삼박자가 맞아떨어지는 날은 생각보다 그리 많지 않겠구나, 하고 말이다. 그래서 더욱 소중해진다. 멀든 가깝든 어디로든 이동해 무엇이든 느낄 수 있는 순간이.

훗날, 다시 항공권을 끊고 자유롭게 다닐 수 있는 날을 기다리며 이 노래를 듣는다. 미국의 재즈 보컬리스트 스테이시 켄트의 「다시 여행을 떠날 수 있다면 좋겠어요 I wish I could go travelling again」.

다시 여행을 떠날 수 있다면 좋겠어요

유명한 카페의 차양 그늘에 앉아서 라떼를 홀짝이고 싶어요
시차 적응은 안 됐고 짐을 잃어버린 채로요

친구들과 이 나라의 관습에 대해 떠들 때
웨이터가 아무도 못 알아듣는 언어로
우리에게 투덜거리는 걸 듣고 싶어요

비행기를 놓칠까 걱정하면서 교통체증 속에 있고 싶어요
스콜을 뚫고 우리의 피난처로 달려가고 싶어요

바가지를 잔뜩 쓴 호텔에서

고장 난 화재경보기 때문에 잠을 깨고 싶어요

다시 여행을 떠날 수 있다면 좋겠어요

넷,
세상과 연결되기

이제 더는 귀여운 할머니가 되는 꿈을 꾸지는 않는다.
대신, 사는 게 부끄럽지 않은 할머니가 되고 싶다.

잘 살았노라고,
그러나 나 혼자만 잘 살려고 하지는 않았노라고
당당하게 말할 수 있다면 좋겠다.

벗는다는 용기

온천 명인이라는 거창한 타이틀을 달았지만, 고백하자면 목욕탕이며 온천을 멀리하던 과거가 있었다. 그땐 꺼리는 이유도 여러 가지였다. 먼저, 어지러웠다. 20대 중반까지도 저혈압이 있어 습하고 더운 곳에 오래 있기가 힘들었다. 그리고 귀찮았다. 그때는 탕 목욕의 재미를 모를 때라, 샤워만으로도 모든 게 해결된다고 생각했다. 지금 돌이켜보면 아마도 육신이 너무 젊어 결리는 곳 하나 없어서 그랬지 않았을까 싶은데, 그땐 그랬다.

하지만 실은 결정적인 이유가 따로 있었다. 그건 바로, 벗은 몸이 부끄럽고 사람들의 시선이 부담스러워서였다. 목욕을 하려면 사람들 앞에서 옷을 벗어야 하는데 그게 어찌나 싫던지. 그 싫음의 기저에는 아주머니들이 툭툭 던지는 말도 있었다. 어릴 때부터 통통한 편이었는데 그런 나를 보고 생전 처음 보는 아주머니들이 살은 키로 갈 거라는 둥 청하지도 않은 위로를 종종 건넸다. 그럴 때마다 나는 귀 끝까지 얼굴이 빨개지곤 했고 그런 불편한 시선과 말이 싫어 성인이 되면서 자연히 발길을 끊었다.

그러다 우연히 여행중 온천에 들를 일이 있었다. 홀로 떠난 일본 여행이었고, 일과는 비어 있었다. 왠지 일본까지 왔는데 온천은 한번 하고 가야 할 것 같았다. 갑자기 일정을 바꾸어 온천으로 향했다. 평소라면 뜨거운 물도 질색, 옷 벗는 것도 내키지 않아 하지 않았을 짓을 특별한 기회라는 이유 하나만으로 행한 것이다.

그렇게 도착한 산중의 온천은 풀과 나무밖에 보이지 않는 아담한 노천 온천이었다. 처음에는 옷을 벗는 것만으로도 부담스러운데, 사방이 뻥 뚫린 야외에서 옷을 벗어야 한다는 게 꽤 무섭게 느껴졌다. 하지만 다른 사람들도 목욕할 텐데 싶어 용기 내 옷을 벗었다. 서늘한 바람이 부는 계절이라 한기가 들기 전 얼른 몸을 씻고 따끈한 물에 몸을 담갔다. 그 순간, 온몸에 퍼지는 따뜻한 기운에 나도 모르게 아저씨처럼 낮은 목소리로 감탄사를 내뱉고 말았다.

정말, 정말이지 좋았다. 상상 이상으로 말이다. 너무 좋아서 피부에 소름이 오스스 돋았다. 실오라기 하나 걸치지 않은 홀가분함이 이렇게 좋을 일인지! 그동안 여러 이유로 벗는 걸 꺼렸던 날들이 아깝게 느껴질 정도였다. 목욕을 마치고 나오며 이제 다시는 벗는 걸 두려워하지 말아야지, 하고 다짐했다. 이 감각을 느끼려면 또 벗을 수밖에 없을 테니 말이다. 그리고 짐작했겠지만, 나는 그날 이후 온천에 푹 빠져 온천 명인까지 됐다. 말 그대로 옷을 벗고 인생이 바뀐 셈이다.

그래서 이런 말을 들으면 공감과 안타까움이 뒤섞인 마음이 된다. "살 빼면 온천에 가볼게요" "사람들 시선이 신경 쓰여서 목욕탕은 싫어" 생김도 나이도 제각각인 여성들이 건넨 말이다. 씻으려고 벗는 게 뭐 대수일까 싶겠지만, 많은 여성이 남들 앞에서 벗는 일을 꺼리게 되는 경험을 살면서 한두 번쯤은 한다. 무례한 시선이나 언행 때문에, 까다롭고 깐깐한 자기검열 때문에, 혹은 그냥 이유 모를 수치심을 느껴서다.

한번은 도쿄 여행중 목욕탕 마니아들의 모임에 간 적이 있었는데, 여자들끼리 한자리에 모이게 됐다. 목욕에 대해 이런저런 얘기를 나누던 중, '왜 목욕 마니아 여성은 보기 힘들까'

라는 주제로 대화를 나누게 되었다. 여러 이유가 있었는데, 그중 가장 많은 공감을 불러일으킨 이유는 '화장'이었다. 다수의 여성이 목욕 전후로 잠시라도 민낯을 보이며 바깥을 다니기 싫어서 보통 화장품을 싸서 다닌다고 했다. 그리고 화장을 지우고 다시 하는 일 또한 매우 귀찮다는 거였다.

같은 여자로서 공감이 되는 한편 슬펐다. 나도 처음에는 화장품을 바리바리 싸 들고 다녔으니까. '민낯'이 부정적인 어감으로 쓰이는 사회에서 화장하지 않은 얼굴로 바깥에 나가는 일이 두렵게 느껴지던 때가 있었고, 그때는 언제 어디서든 화장이 필수이며 예의라고 생각했다. 첫 목욕 여행 때, 클렌징 도구와 화장 도구를 함께 들고 다녔었다. 그러다 목욕을 하루에 세 번 이상 하는 목욕 여행을 떠나게 되면서 더는 화장을 할 수 없게 되자 질문에 부딪혔다. '화장을 꼭 해야 할까?' 나는 한번 더 용기를 냈다. 화장품을 두고 목욕 가방만 챙겨 떠났다. 그리고 하나 더 알게 됐다. 막 씻고 나와 달뜬 얼굴을 가벼운 바람이 훑고 지나가는 그 간지럽고 상쾌한 느낌을!

목욕 여행 동안 만끽한 자유의 감각은 생활로 복귀해서도 두고두고 생각이 났다. 그래서 작은 시도를 했다. 먼저, 집 앞에 나갈 때부터 화장하지 않기. 처음에는 계속해서 화장 안

한 내 얼굴만 생각날 정도로 부끄럽고 두려웠다. 하지만 여러 번 반복하자 깨닫게 된 진실은, 사람들은 생각보다 내 얼굴에 관심이 없다는 것과 민낯을 수치로 여기는 마음의 벽을 넘기가 더 어렵다는 것이었다. 몇 번의 시도는 생활 전반의 변화로 이어졌다. 어느샌가 화장하지 않고 출근하기 시작했고, 지금은 어디를 가든 맨얼굴로 지내는 데 익숙해졌다.

그렇게 목욕으로 두 번의 '벗는 일'을 행했고, 그 결과 인생을 조금은 다른 각도로 바라볼 수 있게 되었다. 생각해보면 우리는 얼마나 많은 것들을 당연하게 여기고 사는지……. 그런 태도는 세상을 더 지루하게 만든다. 날씬한 몸과 치장한 얼굴을 기준으로 말하는 사람들 사이에서 용기 내지 못했다면 나 또한 인생의 행복을 알지 못했을 테다. '왜'라는 의문이 드는 순간, 머릿속 편견을 과감하게 벗어보자. 어쩌면 인생을 바꿀 절호의 기회가 찾아올지도 모른다.

옷을 사람에 맞춰야지

나는 크고 무거운 여자다. 키는 170센티미터. 성장기부터 또래들보다 늘 한 뼘 이상 길고 통통했다. 몸무게는 직접 공개하기 좀 부끄러우니, 체질량지수BMI 기준으로 과체중 아래로 떨어져본 적이 거의 10년 전쯤이라고만 밝히겠다.

크고 무거운 여자로 사는 건 생각보다 나쁘지 않았다. 살 좀 빼라는 직접적인 잔소리, 조금만 살이 빠지면 훨씬 보기 좋을 것 같다고 에둘러 하는 조언, 정말로 살을 빼야만 할 것 같은 압박감 같은 것만 적당히 소화할 수 있다면 말이다. 갖가지 협박과 회유와 굴욕에 30년쯤 시달리다보니 남들의 말이든 내면의 목소리든 어느 정도는 흘려들을 수 있게 되었다.

거기에 더해, 최근의 페미니즘 리부트는 큰 영향을 미쳤다.

여성이라는 역할 수행을 위해 해왔지만 단 한 톨의 흥미도 없던 화장을 하지 않게 되었고, 그와 더불어 평생 끝나지 않을 숙제 같던 미용 목적의 다이어트도 과감하게 접었다. 건강을 유지하는 한 즐겁게 먹고 움직이되, 체중과 몸매에 구애받지 말 것을 지향점으로 삼았다. 이 변화는 20대 후반의 마지막 다이어트로 보통 체중에 안착한 이후의 일이었고, 그후로 나는 20킬로그램 가까이 불었다. 지금 체중은 건강에 좋지 않다는 의학적 소견에 따라 감량을 해야겠지만, 이제 더는 다이어트의 목표를 '예뻐지기 위해'로 삼지는 않는다.

지금은 그럭저럭 내 모습에 만족하고 있다. 가장 좋은 점은 강박에서 벗어났다는 것과 생활이 전반적으로 간소해졌다는 점이다. 도자기 같은 피부, 풍만하되 날씬한 보디라인, 비단 같은 머릿결처럼 모두가 미인으로 칭송해 마지않는 요소는 갖추지 못했지만, 건강하게 몸을 움직일 수 있고 맛있는 음식을 즐길 수 있으며 원하는 만큼만 꾸밀 수 있는 것도 좋다(화장을 안 한다고 아예 꾸미지 않는다는 편견은 버렸으면 좋겠다. 남자들도 화장하지 않아도 꾸미는 부분이 있는 것처럼 나도 그러니까).

이 과정이 쉽기만 한 건 아니었다. 특히 애정이라는 단단한 갑옷을 두른 엄마의 조언을, 단호하면서도 차분하게 잘라내기가 꽤 힘들었다. 본격적으로 편하게 살기 시작했을 무렵 엄마와 대판 싸운 적이 있다. 평생 들어서 이제는 그러려니 하는 '살 빼라'는 소리가 왜 그렇게 날카롭게 귀에 꽂혔는지 모르겠지만, 그때는 처절하게 외치고 싶었다. 제발, 그만 좀 하라고!

엄마의 레퍼토리는 늘 똑같았다. 처음에는 건강을 얘기했다. "건강해야지, 그러려면 절대 살이 쪄서는 안 돼." 당연히 옳은 말이었지만 그뒤에 이어질 말들을 너무 잘 알고 있었다. "그래도 관리는 해야, 그것도 사회생활이다"같이 표준 규격의 여자 사람 구실을 했으면 좋겠다는 말이나, "우리 딸도 얼마든지 더 예뻐질 수 있을 텐데!" 같은 회유성 멘트도 있었다. 나는 기분이 그럭저럭 괜찮을 땐 제법 뻔뻔하게 받아쳤다. "지금보다 더 예뻐지면 대체 어떻게 살아요?"

그러나 그날은 달랐다. 엄마는 첫 마디부터 직접적인 공격을 해왔다. "너, 다 포기했니?" 아, 이 한마디에 담긴 수많은 의미를 어떡하나. 엄마라고 할지라도 이제는 그런 말을 듣고 싶지 않았다. 그런 비난은 이미 충분히 들어서 몸속에 뿌리박혀 있으니까. 마치 악령을 쫓아내는 퇴마의식을 하듯, 엄마의 말에 필요 이상 화를 내며 불을 내뿜었다. 이런저런 핑

퐁 끝에 마지막으로 엄마가 던진 말은 이것이었다. "그렇게 살다가는 입을 옷이 없을 거다!" 그 말에 어이가 없었던 나는 이렇게 답했다. "아니, 사람을 왜 옷에 맞춰요? 옷을 사람에 맞춰야지!"라고.

분명 그 말은 순간적으로 나를 방어하기 위해 내뱉은 것이었다. 그렇지만 내 편이 없는 건 아니었다. 185센티미터 장신의 30대 여성 미란다다. 물론 그는 영국 시트콤 「미란다」(2009~13)에 나오는 허구의 인물이다. 그는 큰 덩치 때문에 불쾌한 일을 자주 겪지만 시종일관 유쾌하고 당당하다. 택배 기사가 눈을 똑바로 보며 "여기 있어요, 아저씨"라고 말해도, 동창들이 큰 덩치를 놀린답시고 '퀸콩'이라고 불러도, 빅 사이즈 옷가게 '뚱뚱이와 홀쭉이'에서만 옷을 살 수 있는 처지에도 자기를 비하하기보다 세상을 향해 정면으로 묻는다. "보통과 다르다는 이유로 왜 그런 이상한 곳에 가야 하죠?"

미란다의 이 말이 정확히 내 심정과 같았다. 만일 지금보다도 더 체격이 커져서 정말로 입을 옷이 없어진다고 해도 내가 아니라 세상이 문제일 거라고 믿었다. 문제는 현실이 엄마의 말에 훨씬 더 가까웠다는 것이다. 정말 인정하고 싶지 않았지만, 해를 거듭할수록 점점 입을 옷이 없어졌다. 내 상상 이상으로 여성 기성복은 작디작았다. 사람들이 원래 이렇게 다

종이 인형처럼 작고 말랐단 말인가. 내가 잘못된 건가 싶었다. 심지어 근처에도 갈 수 없는 매장들이 하나씩 늘어갔다.

시작은 백화점 기성복 코너였다. 젊은 여성을 타깃으로 한 브랜드가 갖춘 사이즈는 55 아니면 66이었다. 그보다 더 큰 77 사이즈는 연령대가 높은 '미시 브랜드'에 가야만 살 수 있었다. 나는 키도 컸고, 골반도 넓은 편이었기 때문에 말랐던 시절에도 이미 66 사이즈 하의가 잘 맞지 않는 사람이었다 (52킬로그램이 나갈 때도 28인치 바지를 입어야 했다). 그나마 상의나 외투는 66이 맞는 편이었는데, 살이 찌면서 당연히 입을 수 없게 되었다.

그다음에는 '보세'라고 부르는 동대문표 옷 가게들을 포기해야 했다. 여기는 스몰, 미디엄, 라지, 프리사이즈의 세계였는데, 살이 찌기 전에도 나는 라지였다. 그마저도 전체적인 길이가 나에게는 늘 짤따란 편이었지만 말이다. 가끔 프리사이즈가 구원투수가 되어주곤 했다. 분명 내가 기억하는 한, 과거의 프리사이즈란 '자루 같거나 고무줄이 넉넉히 들어 있어 보통 체형의 범위 안에만 들어오면 누구나 입을 수 있는 옷'이었다. 반면 지금의 프리사이즈는 '들어가든가 말든가 모르겠고 알아서 입어라'의 줄임말이 아닐까 싶을 만큼 크기가 제각각 중구난방인 경우가 많아서, 나 같은 과체중 이상의 사람은 완전히 선택지를 박탈당한 거나 마찬가지다.

다행히도 내게는 구세주가 있었다. 바로, 해외의 모 스파 SPA 브랜드가 그 주인공이다. 어차피 선택지가 별로 없었기 때문에 밑져야 본전인 심정으로 이곳을 방문했다가, 그야말로 신세계를 경험했다. 사이즈를 고를 수 있었고, 소매와 바지가 짧지 않았다! 키가 크고 굴곡이 있는 나에게는 서구권 체형을 기준으로 삼는 이 브랜드의 옷이 몸에 꼭 맞았다.

처음 사이즈는 38이었다. 32부터 보통 42까지 2단위로 표기되는 유럽사이즈 방식에서 38은 작지도 크지도 않은 딱 중간 정도. 우리나라 사이즈로 환산하면 66이나 미디엄이다. 국내에서 생산되는 66과 미디엄 옷은 나한테 맞지 않았는데 해외 브랜드의 38은 몸에 꼭 잘 맞았다. 요상한 노릇이다. 38은 중간 사이즈이기 때문에 선택지도 무척 많았다. 거기서 약간 더 살이 붙었을 때도 큰 문제는 없었다. 40 사이즈일 때 이미 나는 한국의 그 어떤 브랜드나 옷 가게에서도 옷을 편하게 고를 수 있는 처지가 못 됐는데, 이곳에는 나를 위한 옷들이 너무나 많았다. 심지어 매 시즌마다 새로운 옷이 쏟아져 쇼핑이 즐거워졌다. 점점 옷장이 스파 브랜드 옷들로 가득찼다.

그런데 사이즈가 하나 더 늘자 상황이 180도 바뀌었다. 여느 때처럼 쇼핑을 위해 매장에서 마음에 드는 옷을 골랐다. 탈의실에서 옷을 입었는데 꽉 끼는 느낌이 심상치 않았다. 평소 입던 사이즈가 작다니, 기분이 썩 유쾌하진 않았지만 그다음 사이즈가 있으니까 괜찮았다. 그러나 아무리 찾아봐도 42 사이즈가 없었다. 점원을 불러 물어보았다. 그 사이즈는 매장에 없으니, 마음에 들면 온라인에서 구입하라고 했다. 그럴까. 그래도 일단 옷은 입어보고 사는 게 좋다는 주의여서, 하는 수 없이 마음에 드는 옷을 포기하고 다른 옷을 찾아 나서기 시작했다. 그런데 이상하게도 죄다 40 사이즈가 끝이었다! 42 사이즈는 눈을 씻고 찾아봐도 없었다. 오늘은 쇼핑 운이 별로네, 하며 빈손으로 집에 돌아가야 했다.

그런데 그뒤에도, 또 그뒤에도 매장을 방문해 옷을 좀 입어볼라치면 맞는 사이즈가 없었다. XL와 42부터 쏙 빠져 있었다. 점원의 대답은 한결같았다. 재고가 없고, 온라인으로 구매하면 된다고. 맞는 말이었다. 어쨌거나, 아예 선택지가 없진 않았고 적어도 온라인에서라도 원한다면 살 수 있으니 말이다. 또, 아주 가끔이지만 가뭄에 콩 나듯 매장 규모나 판매 상황에 따라 재고가 있기도 했다. 그러나 이런 상황이 반복되자 점점 이상하다는 생각이 들었다. '특정 구간의 사이즈만 매장에 없다는 건 애초에 들이지 않는다는 게 아닐까?

넷, 세상과 연결되기

큰 사이즈(그래봐야 88 혹은 XL다)의 수요가 없는 게 아닐 텐데?' 하는 의심이 싹트기 시작했다.

물론 정확하게 밝혀진 바는 없다. 하지만 다년간의 경험을 바탕으로 나는 이런 결론을 내렸다. 매장에는 빅 사이즈를 처음부터 들여놓지 않고, 일부러 온라인으로 사도록 유도한다고. 쇼핑에 골몰하느라 옷에 코를 박고 있다가, 문득 고개를 들어 주변을 천천히 살펴보았다. 표준 체형으로 분류될 사람들이 압도적으로 많았다. 나처럼 큰 사이즈를 찾아 헤맬 법한 사람은 거의 눈에 띄지 않았다.

아, 이제 좀 알 것 같았다. 그렇게 다양성을 추구한다고 광고하던 스파 브랜드는, 실은 우리를 초대하지 않았다! 우리는 초대받지 못한 손님이었다. 그리고 투명인간이었다. 어차피 매장에 가봐야 허탕이라는 걸 깨달은 빅 사이즈 고객들은 집 안에 머물며 옷을 사게 되고, 자연스럽게 사람들 눈에 띄지 않는다. 그렇게 쇼핑에서 배제되는 것이다.

사실 이 결론이 맞는지 아직도 의심하고 있지만 달리 생각할 이유도 찾지 못했다. 카더라에 의하면 효율적인 재고 관리를 위한 것이라고도 하고, 한국 매장의 특수한 정책이라고도 하고, 브랜드이미지 관리 차원의 전략이라고도 했다. 하지만 이 위선이 무척 거슬렸다. 깨어 있고, 열려 있다고 광고하지만 이것도 결국 보여주기식 캠페인에 가깝다는 사실이. 같은 브랜드의 해외 매장에 가면 이런 일이 거의 없다고 하니, 귤이 탱자가 된 사례가 아닐까 싶어 입맛이 썼다.

요즘 나는 유니섹스나 스포츠, 아웃도어 브랜드 매장으로 향하고 있다. 기본적으로 추구하는 방향(실용적인 소재, 활동하기에 무리가 없는 편안한 사이즈)이 마음에 들어서다. 그리고 그 브랜드에서도 대부분 남성복을 고른다. 처음에는 여자인데 남자 옷을 입어도 될까 하고 주저했다. 하지만 유행에 맞춘답시고 상의를 댕강댕강 잘라놓은 크롭 디자인은 아무리 봐도 입고 싶지 않았다. 게다가 같은 가격인데도 남자 옷은 만듦새부터가 달랐다. 아무리 얇고 허술해 보이는 옷이라도 어지간하면 안주머니가 있는 등 디테일이 훌륭했다.

그렇게 남자 옷을 고르고 입다보니 새로운 사실을 하나 깨달았다. 사실, 남성복, 여성복의 의미가 크게 중요하지 않다는 것! 내 키는 170센티미터, 어지간한 동양인 남성의 표준 키와 비슷하고 체중도 크게 다르지 않다(여자 평균 키는 162센티미터 정도다). 당연히 몸집에 맞는 옷을 고르기에는 남성복 쪽이 훨씬 수월했다. 그러나 여자는 여자 옷을 입어야 한다는 고정관념에 사로잡혀 그간 몸에 맞지도 않는 옷들을 입으려 애를 썼었다. 유년 시절부터 지금까지 내내 옷을 고를 때마다 나를 괴롭혔던 사이즈 문제는 결국 내 몸의 문제가 아니라, 여자 옷을 입고 여자 역할을 수행해야 하는 사회적 인식의 문제였던 셈이다.

크고 무거운 여자로 살면서, 나는 내 몸에 대한 관점을 여러 번 바꿔야 했다. 처음에는 맞는 옷이 없으니 내가 뚱뚱하다고 생각했다. 그다음에는 내 몸이 이상한 게 아니라, 옷이 이상하다고 생각했다. 그러나 이제는, 내 몸도 옷도 아닌 우리가 사는 사회가 이상하다는 생각에 이르렀다. 몸에 맞고 편안하면서도 개성을 표현하는 옷을 입을 권리는 누구에게나 있다. 그러니 다양한 선택에 이르는 과정이 수월해져야 하지 않을까.

오랜만에 옷을 샀다. 마침 세일이었다. 매장에 들어서자마자 남성복 코너로 향했다. 남자들 틈에서 갖가지 옷을 구경하는 내 모습이 이젠 그리 어색하지 않다. 뭐라도 하나 갖고 싶다는 열망 때문인지, 눈에 쏙 들어오는 베이지색 재킷이 하나 있었다. 품도 길이도 제법 어울렸고 소재도 마음에 들었다. 망설임 없이 계산대로 달려가 손에 넣었다. 마음에 드는 옷을 갖는 기쁨이란! 성별 구분 없이 옷을 입기 시작하면서부터는 어쩐지 즐거움이 배가 된 것 같다. 오늘 산 재킷은 아마도 목덜미가 선득해지도록 찬바람이 불어올 때 입을 수 있겠지. 새 옷을 입고 새 계절을 맞이하는 내 모습을 상상하며, 옷걸이에 걸린 옷을 흐뭇하게 바라본다.

간편한 위로

오래전부터 내겐 은밀한 취미 하나가 있다. 부러 드러내지는 않지만, 가까운 이들은 아주 잘 알고 있다. 나는 각종 미신과 테스트에 열광하는 사람이다. 그것도 아주 많이.

1990년대를 교묘하게 지배했던 별자리와 혈액형은 새로운 사람을 만날 때마다 적용하는 공식이었고, IQ며 EQ 테스트, 나아가 각종 성격 유형 검사는 모두 관심 대상이었다. 요즘 사람들이 과몰입한다는 MBTI는 15년 전에 이미 빠삭했다. 이후에는 갑자기 사주에 빠져들어 이론을 슬쩍 훑기도 하고, 마음이 힘들 때는 타로점도 종종 보곤 했다.

많은 이들이 나처럼 미신을 좋아하며 심지어 믿기까지 한다는 것도 잘 알지만, 아무래도 드러내놓기 좀 부끄러운 취향이었다. 나름의 역사와 체계를 갖추고 있지만 결국 유사과학으로 분류된다는 지점에서 21세기를 살아가는 현대인으로서 과연 이것들을 이렇게 저항 없이 좋아해도 될까 하는 의문을 내내 품고 있었다. 그런 의구심은 나를 수줍은 미신 열광자로 만들었다.

나는 미신이 주는 위안을 누구보다 쏙쏙 잘 빼먹었다. 인생에 대한 갖가지 질문(나는 누구고 저 사람은 대체 왜 저렇게 생겨먹었으며 내 인생은 왜 이렇게 엉망진창인지)에 비교적 빠르고 쉽게 답을 내려준다는 점에 흠뻑 빠졌다. 내가 이렇게 혼자 있기를 즐기고 분 단위의 미친 계획을 짜는 사람인 것은 성격 유형 중 INTJ이기 때문이고, 겉으로 보기에 날카롭고 줏대 있어 보이지만 실은 팔랑귀인 데다가 물러터진 것은 신약한 신사辛巳 일주이기 때문이며, 내년에는 대운이 돌아와 인생의 큰 전환기를 맞이할 것이니 지금은 조금 잘 안 풀려도 괜찮다는 감언이설을 신봉하는 등등. 소중한 마음의 평화를 얼마간의 돈으로 살 수 있다는 점에서 이런 은밀한 취미는 꽤 효율적인 자기 위로 방식이라고 느꼈다.

한때는 무려 10년 가까이 부산의 모 타로 점술가에게 고민을 털어놓기도 했다. 대학 시절 친구의 소개로 처음 알게 된 뒤 그의 화술 혹은 신기에 매료된 나는, 누구에게도 털어놓지 못할 고민거리가 생기면 그를 찾았다. 처음에는 가볍게 한두 번 보았는데 이상하게도 그의 예언이 잘 맞아떨어졌고, 그 경험이 몇 번 반복되자 주변에도 추천할 정도로 그 점술가를 꽤 신뢰하게 되었다. 재미있는 것은 주변 친구들도 너무 잘 맞는다며 홀랑 넘어갔다는 거다. 과연 천막 텐트에서 시작해 건물주가 됐다는 말이 헛소문은 아니었던 모양이다.

나의 영업 이후 친구들끼리 고민 상담을 해주다가도 문득 잘 모르겠다 싶은 순간이 오면, '타로 언니'한테 물어보면 어떻겠냐고 서로에게 권하는 일도 왕왕 있었다. 그러니 그의 실력을 크게 의심하지 않았다. 잘 맞추는 것으로 유명한데도 자신도 앞날은 알 수 없다고, 그저 상담 도구로 카드를 활용할 뿐이라는 그의 영업 철학도 나름 마음에 들었다. 설령 틀린 예언이 있어도 그건 애초에 자기가 맞추는 게 아니라고 말했으니 뭐, 하고 가볍게 넘어갈 수 있었다. 재미로 보는 점인데 그걸 가지고 곧이곧대로 틀렸다며 지적하는 것도 경우가 아닌 것 같았다.

어느 무렵, 나는 잘 풀리지 않는 연애로 골머리를 앓았다.

상대의 끊임없는 거짓말과 기만에 제대로 대처하지 못하는 스스로를 보며 자기혐오까지 일 지경이었다. 아주 가까운 친구들도 나를 이해하지 못했다. 모두가 자기만의 사정으로 바쁘고 힘든데 망한 연애 얘기를 계속 들어준다는 건 성인군자라도 못할 짓이었다. 나는 서로를 보호하기 위해 가장 익숙한 도피처를 향해 전화를 걸었다. 타로 점술가였다. 보통이면 분기에 한두 번이면 족한 상담이 한 달 단위로 좁혀지고 있었다. 자각하고 있었지만 다른 방법도 딱히 없다고 믿었다. 미주알고주알 얘기를 늘어놓으려면 돈으로 산 그 사람의 시간이 필요하다는 걸 잘 알았기 때문이다.

그러던 어느 날, 처음으로 그를 의심하게 된 사건이 일어났다. 그 사건의 전말은 다음과 같다. 하루는 상담중에 연애 상대에 대한 특정 정보를 흘리듯 말했다. 그건 상담의 핵심이 될 만큼 매우 중요한 단서이기도 했다. 그래서인지 상담은 매끄럽게 진행되었고 나는 얼마간의 위안을 얻었다. 그런데 얼마 지나지 않아 다시 전화를 걸어 하소연할 일이 생겼다. 역시 연인과의 문제였다. 연인의 신뢰를 의심하게 했던 모종의 사건을 짧게 설명했다. 그는 내 얘기를 듣더니 짐짓 신중한 말투로 "지금 카드를 펼쳐보니까, 그분, ○○○○한 분이네요?" 하며 내가 이전 상담에서 말한 정보를 마치 자신이 방금 카드에서 읽어냈다는 듯이 당당하게 말하는 게 아닌가? 아, 그때의 당혹스러움이란. 난데없이 물벼락을 맞은 기분이었다. 그날 상담은 어떻게 진행됐는지 기억도 나지 않을 만큼 흐지부지 마무리되었다.

아무리 생각해도 이건 아니었다. 내가 정보를 알려준 것은 어차피 그에게 무슨 '맞추기 차력 쇼' 같은 걸 바란 게 아니기 때문이었다. 그저 내 얘기를 잘 이해할 수 있도록 돕고자 한 것뿐이었다. 그가 그 정보를 카드에서 읽었다고 하지 않고, 내가 말해준 사실을 기억하고 있다고 했다면 아무 위화감을 느끼지 않았을 텐데 그걸 자신의 신통방통함을 포장하기 위해 이용하다니. 깊이 실망했다.

그제야 훤히 보였다. 그의 상담 노트에 아마 나의 정보가 빼곡하게 적혀 있을 터였다. 그가 뭔가 맞춘 것 같았던 점괘들은 신기도 기분 탓도 아니고 내가 이렇게 저렇게 별생각 없이 흘려준 정보들이었을 가능성이 컸다. 수년간의 믿음이 깨진 순간, 분노보다 수치심이 더 앞섰다. 이걸 정말 진지하게 믿었단 말인가 싶어 부끄럽고 허탈했다. 이 바보 같은 사람아 ……. 나는 머리를 쥐어박으며 주변 친구들에게 이 사실을 알렸다. 그뒤로 다시는 타로 점술가에게 전화하지 않았다.

돌이켜 생각해보면 그와의 상담이 아무 효용이 없었던 건 아니었다. 나는 타로 상담이라는 명목하에 상담가의 위로를 돈으로 산 셈이었고, 그 효과는 비록 일시적이었지만 분명 마음을 달래주었으니 말이다. 그와의 상담처럼 많은 미신가들의 역할이란, 좌절하는 인간에게 약간의 희망을 주는 것만으로도 충분하다고 본다. 그게 나쁜 건 아니니까.

다만 문제는 그 간편한 위로가 내 인생을 전혀 나아지게 하지 않았다는 사실이다. 나는 그저 내 얘기를 들어줄 누군가가 필요해서 손쉬운 도피처를 들락날락했던 것에 불과했다. 감정을 토로한 뒤 짧은 시간에 해결책처럼 보이는 무언가를 얻었다며 만족했을 뿐이다. 그러니 당연하게도 그걸로는 망한 연애도 구할 수 없었고, 진로도 결정할 수 없었다. 복잡한 문제는 진득하게 시간을 들이는 것은 물론이고 심연을 들여다볼 용기 정도는 있어야 해결할 수 있는 거니까.

사는 건 원래 문제투성이인 법이니, 문제 자체보다는 그걸 다루는 방식이 더 중요하다. 그걸 깨닫고 나서부터 더는 미신에 의존하지 않기로 마음먹었다. 대신 시간이 걸려도 스스로와 정면으로 마주해보려고 한다. 최근에는 처음으로 정기 심리상담을 받기 시작했다. 물론, 상담 선생님도 내 얘기를 들어준다. 그것도 아주 잘. 그러나 상담은 감정의 일시적인 해소만으로 끝나지 않는다. 오히려 그보다 배로 무거운 숙제가 주어진다. 내가 그때 왜 그랬으며 어떤 감정이었는지, 언제부터 그런 생각과 행동 패턴을 가지게 됐는지, 다른 사람과는 어떤 방식으로 관계를 맺고 있는지, 그런 나와 함께하는 타인의 입장은 어떨지 등의 질문을 던지며 겹겹이 쌓인 문제를 해결해나가야 한다.

결코 쉽지 않은 과정이다. 애써 잊고 싶었던 기억들을 들춰내야 하고, 자기방어와 모순된 논리로 똘똘 뭉친 내면을 깨부숴야 하는 지난한 작업에 가깝다. 상담사는 나를 내면으로 이끄는 가이드로서 전문 지식을 활용해 그 누구보다 사려 깊고 진중하게 말을 건넨다. 힘들지만, 스스로를 깊이 이해하는 데 크게 도움을 받았고 풀리지 않을 것 같던 인생의 문제에서 조금씩 실마리를 찾아낼 수 있게 되었다.

내가 나를 알고 싶어서 했던 여러 경험을 통해 깨달은 바가 있다. 미신도 상담도 친구도 가족도 전문가도, 그리고 그어떤 종류의 솔루션 혹은 타인도 내게 답을 줄 수는 없다는 사실이다. 그들은 조력자일 뿐 답은 내가 구하는 것이다. 마스다 미리의 만화 『지금 이대로 괜찮은 걸까?』(박정임 옮김, 이

봄, 2013)에서 수짱은 이렇게 말한다.

"자신의 마음이 보이지 않을 때는 그 고민을 다른 사람에게 상담하지 않는다. 자신의 생각이 옅어지기 때문이다. 스스로 고민하고 생각할 것이다. 계속 그렇게 해왔으니까. 그리고 계속 그렇게 해왔던 것을 옳다고 생각하는 내가 있다."

쉬운 해결책에 대한 미련은 과감히 접고 문제를 정면 돌파할 용기를 더해서, 꾸역꾸역 아주 조금씩 나아간다. 그런 지금의 내가 훨씬 더 좋다는, 작지만 단단한 확신과 함께.

자유에 바퀴를

스물아홉의 봄, 근 10년 동안 가지고만 있던 2종 보통 장롱면허를 청산하기 위해 운전 연수를 등록했다. 마침 목돈도 얼추 모았겠다, 이제는 운전에 도전하고 싶었다. 아빠의 강력한 권유도 한몫했다. 운전대를 잡으면 세상이 완전히 달라 보일 거라는 아빠의 말에 과장이 섞였을 거라 의심하면서도 반쯤은 믿고 싶었다. 내 차가 있다는 편안함은 몰라도 차 없이 3년 동안 지방 소도시에서 사는 불편함은 아주 잘 알았으니까 말이다.

생각보다 운전에 소질이 있었는지 수월하게 연수를 마쳤다. 얼마쯤 지나자 50대 남자 강사는 내가 모는 차에서 편안하게 낮잠을 청할 정도였다. 내가 이 사람을 드라이브시켜 주고 있는 건가 싶을 때쯤 연수가 끝났다. 차도 마련했다. 부모님이 몰던 차를, 중고차 시세만큼 값을 드리고 내 앞으로 가져왔다. 우리의 거래는 성공적이었다. 아빠는 덕분에 새로운 차를 마련했고, 나는 경차 한 대 뽑을 정도의 돈으로 중형차를 가질 수 있었다.

준비 과정이 이렇게나 순탄했기에 아무런 문제 없이 오너 드라이버가 되나보다 했다. 그런데 실전은 달랐다. 운전대를 잡고 난생처음 혼자 도로에 나간 날을 떠올리면 아직도 식은 땀이 줄줄 흐르는 것 같다. '직진만 하다가 부산에서 서울까지 갔다'는 말이 왜 생겼는지 알 것 같았다. 제일 곤혹스러운 것은 차선 변경이었다. 앞만 보기도 버거운데, 후방과 옆까지 재빠르게 스캔하고 순간적인 판단력으로 차선을 옮겨다닌다는 것은 이제 막 도로에 내던져진 초보 운전자에게는 가혹할 정도로 어려운 과제였다.

더 골칫거리는 주차였다. 오른쪽, 그러니까 조수석 쪽의 공간을 헤아리는 능력이 전혀 없어서 무사히 주행을 마치고도 주차장에서 남의 차나 담벼락을 번번이 긁어먹곤 했다. 연수 강사가 가르쳐준 후진 주차 공식은 달달 외웠으나, 공식이란 자고로 응용이 가능할 때 빛을 발하는 법. 기계적으로 공식만 외는 건 한계가 있었다. 게다가 앞차가 갑자기 후진을 해 온다던가 하는(심지어 대형버스였다) 도로 위 돌발 상황에 대한 대처가 미숙해 두어 번 사고까지 당하자 자신감이 완전히 바닥을 쳤다. 운전 2년 차에는 기존 자동차보험의 갱신 가입을 거절당했으니, 그때 나의 운전 실력이란 말 다 했다 싶다.

나는 진이 완전히 빠지고 말았다. 운전이 가져다주는 편리함은 너무나 분명했으나, 딱 그만큼의 공포가 모든 장점을 상쇄시키는 것 같았다. 운전석에 앉으면 바짝 긴장해서 어깨는 에베레스트산처럼 솟았고, 목은 앞으로 쭉 빠져 거북 같았다. 핸들을 놓치면 죽을 것처럼 간절히 꼭 붙잡은 채, 마치 기름칠 덜 된 기계처럼 뻑뻑하고 부자연스럽게 핸들링을 했다. 얼마나 긴장했는지 운전 후에는 온몸이 몸살 난 것처럼 뻐근했다. 혹시 연수를 잘못 받은 게 아닐까, 애초에 재능 같은 건 없었는데 착각한 걸까 싶을 정도였다.

아마 대중교통이 편리한 대도시에 살았다면 이쯤에서 운전을 접었을지도 모르겠다. 하지만 나는 교통이 아주 열악한 소도시에 살고 있었다. 같은 길을 차로 가면 20분이지만, 버스를 타고 가면 50분이 걸리는 그런 동네였다. 심지어 버스조차도 한 시간에 한 대 정도 다니고, 배차 시간을 잘못 맞춰

놓치기라도 하는 날에는 모든 일정이 틀어지는 일도 다반사였다. 그러니 울며 겨자 먹기로라도 운전을 하는 편이 차라리 나았다.

하지만 운전을 포기하지 않고 계속하게 된 가장 결정적인 이유는 엄마였다. 엄마는 40대 후반에 면허를 땄다. 빠르게 질주하는 차를 세상에서 제일 싫어하는, 안전제일주의이면서 겁 많고 보수적인 성향의 엄마가 운전을 배우리라 결심하게 된 까닭 역시 나처럼 교통 문제 때문이었다. 그러나 과정은 순탄치 않았다. 엄마가 면허에 도전하던 2000년대 중반만 해도 주변에 운전하는 중년 여성은 생각보다 없었다. 여성 운전자에게 면박과 조롱을 섞어 '솥뚜껑 운전'이나 '김 여사' 같은 말을 아주 쉽게 내뱉는 때였다. 여자는 운전을 하더라도 실력이 매우 떨어지며, 심지어 도로에 나서는 것만으로도 교통질서를 방해한다는 식의 편견이 만연했다.

그래서 그랬는지, 주변에서는 엄마의 도전을 응원하기는 했지만 쉽게 합격할 리가 없다는 식으로 기대치를 낮추며 은근히 무시했다. 할머니는 '남편이 운전하는 차에 얹어타면 편안한 걸, 나이들어서 뭐하러 쓸데없는 짓을 하느냐'며 타박했다. 엄마는 그런 말들에 굴하지 않고, 보란 듯이 합격하겠다며 열의를 더욱 불태웠다. 침침해진 눈을 비벼가며 밤새 책을 붙잡고 이론을 외웠으며 실기시험을 준비하면서는 꿈에서도 T자 코스가 나왔다며 주차 공식을 종일 중얼거렸다. 그 결연한 의지에 감동한 우리 가족은 엄마의 합격을 진심으로 바라게 되었다. 노력이 통했는지, 다행히도 엄마는 단번에 합격했다. 그것도 턱걸이 수준이 아니라 아주 우수한 성적이었다고 자랑까지 할 정도여서 엄마의 어깨는 으쓱해졌다. 엄마는 이후에도 수많은 어려움과 두려움을 이기고 긴 세월 도로에 꾸준히 나섰고, 결국 운전 기술을 자기 것으로 만드는 데 성공했다.

그뒤로 엄마는 가족들을 데리러오거나 데려다주는 건 물론이고, 차로만 갈 수 있는 괜찮은 일자리도 남들보다 쉽게 얻을 수 있었다. 종종 심기가 불편할 때면 가족들을 위한 라이딩을 거부하던 아빠의 얄미운 수가 힘을 잃게 된 것도 그쯤이었다. 아담한 체구와는 전혀 어울리지 않는 커다란 차를 자유롭게 모는 엄마의 당당하고 멋진 모습은 무척 인상적이었다.

그러니 내가 어떻게 운전을 포기할 수 있겠는가. 운전을 배운다는 게 얼마만큼의 가치를 지니는지 몸소 증명해 보인 엄마가 내 눈앞에 있는 한은, 한참 젊고 어린 내가 무서움을

　　　　　자유에 바퀴를

운운하며 변명할 계제가 없었다. 당연히 극복해야 했다. 매일 출퇴근 운전을 포기하지 않았고, 주말이면 새로운 장소를 찾아 난도를 올리며 특훈에 매진했다.

그렇게 차츰 시간이 흐르자 어느새 운전이 조금씩 익숙해졌다. 운전 선배들이 입을 모아 말하기를, 운전 실력은 누적된 주행 시간과 비례한다고 했다. 그 말처럼 나 역시도 해가 갈수록 실력이 쑥쑥 늘었다. 점차 자신감이 붙자 3년 차에는 강원도 인제까지 편도 다섯 시간짜리 장거리 여행도 떠났다. 눈이 시리도록 강렬한 설악산 단풍을 혼자 드라이브하며 감상할 수 있다니. 두려움에 벌벌 떨던 지난날을 생각하면 실로 놀라운 성취가 아닐 수 없었다.

운전이 쉬워지니 세상이 전혀 다르게 보였다. 시간과 거리감각이 완전히 재편되었고 갈 수 있는 것과 할 수 있는 것들의 폭이 전과 비교할 수 없을 정도로 넓어졌다. 언제 어디든 향할 수 있다는 기동성은 편리할 뿐만 아니라 자신감이 되어 주었다. 유용한 기술을 배우고 익혔다는 것, 그래서 '할 수 있는 일'이 하나 더 보태지는 건 꽤 근사한 일이었다. 내게 운전 기술은 곧, 나를 옭아매던 수많은 물리적 한계를 넘어설 수 있다는 가능성의 확인이었다.

동도 트기 전의 이른 새벽.
짐을 꾸린 뒤 운전석에 몸을 싣는다.
목적지는 439킬로미터 밖 산속 온천.

한편 차라는 공간도 매력적이었다. 차는 아주 사적인 동시에 열린 공간이었다. '열림교회 닫힘' 밈meme처럼 차는 아주 작은 나만의 방이자, 동시에 세상을 향해 활짝 열린 문이었다. 나는 낯선 세계와 타인을 만나기 위해 어디론가 향하는 이 작은 '바퀴 달린 방'에서, 홀로 생각하고 중얼거리고 울고 웃고 잠들었다. 특히 그 어떤 타인과의 접촉 없이 홀로 있고 싶을 때면 나는 차로 숨어들었다. 차는 좁고 몸에 꼭 맞았기에 더 아늑했다. 이토록 완벽하게 고립될 수 있는 은신처가 있다는 것에 더없는 만족을 느꼈다.

운전이 유용한 순간은 생각보다 많다. 가족이나 동거인, 혹은 반려동물을 위해 급하게 차를 몰아야 하는 경우가 있을 수도 있고(병원에 간다든지), 업무상 운전이 필요한 순간이 올 때도 있다. 훌쩍 떠나고 싶을 때, 대중교통으로 닿기 어려운 곳에 갈 때, 무거운 물건을 날라야 할 때도 운전 기술은 빛을 발한다.

운전 기술의 압도적인 장점은, 내가 원하는 때에 원하는 방식으로 이동할 수 있다는 것이다. 즉, 남의 손을 빌리지 않고 완벽한 이동이 가능하다. '왜 가는 방향과 다른 곳에서 탔냐' '왜 굳이 골목에서 내리느냐'는 택시 기사의 선택적 짜증을 들을 일도 없고, 비 오는 날 우산을 들고 낯모르는 이와 부대끼며 대중교통을 타지 않아도 된다. 나는 그것만으로도 운전을 배우기를 참 잘했다 싶었다.

운전에는 이렇게나 좋은 점이 많지만 막상 도전하려면 부담스러운 게 사실이다. 그러나 필요한 건 단 하나다. 바로 운전면허다. 나 역시 스무 살 무렵에 아무것도 모른 채로 땄던 면허 덕에 운전에 쉽게 접근할 수 있었다. 장롱 면허가 될까 봐 걱정할 필요는 전혀 없다. 몇 년을 묵혀뒀다고 해도 운전자의 의지만 있다면 그 면허증도 끝내는 세상의 빛을 보게 될 테니 말이다.

어느덧 나도 6년 차 운전자가 되었다. 주행거리만 10만 킬로미터니 제법 능숙해진 것도 같다. 아직 베테랑은 아니지만 운전대를 잡는 일이 더는 겁나지 않는다. 오히려 이제는 스트레스를 풀기 위해 도로에 나서기도 한다. 가끔 사람이 없는 밤의 고속도로를 달린다거나, 일부러 먼 행선지를 정해 실컷 액셀을 밟으면 내 안에 잠들어 있던, 달리고 싶은 갈망이 해소되는 기분마저 든다. 불과 몇 년 사이에 두려움의 단계를 넘어서 즐기게 되다니, 내가 이렇게나 운전을 좋아하는 사람이었다는 걸 모르고 살았더라면 얼마나 억울했을까 싶다.

자유에 바퀴를

요즘은 면허 업그레이드까지 생각하고 있다. 영화 「매드맥스」(2015) 때문이다. 저게 대체 무슨 차인가 싶을 만큼 크고 육중한 트럭을 타고 사막과 골짜기를 자유자재로 질주하는 퓨리오사. 그 짜릿한 모습에 대형 면허를 따보면 어떨까 하는 생각이 처음으로 들었다. 1종 보통이나 대형 면허를 따두면 언젠가 요긴하게 쓸 일이 있지 않을까? 퓨리오사처럼 세상을 구할 일은 없어도, 결정적인 타이밍에 내 인생을 구제하는 기술이 될지도 모를 일이다.

동도 트기 전의 이른 새벽. 짐을 꾸린 뒤 운전석에 몸을 싣는다. 목적지는 439킬로미터 떨어진 산속의 온천. 동행은 없다. 그야말로 지독하게 고독한 여행이다. 그래서 좋다. 내가 나를 좋은 곳으로 데려간다는 게 얼마나 설레는 일인지!

운전대를 양손으로 잡고 액셀을 가볍게 밟아 속도를 올린다. 집은 멀어져가고 길은 끝도 없이 펼쳐진다. 언젠가 본 것 같은 구름과 하늘, 산과 나무, 강과 바다가 차례로 나타났다 사라진다. 육중한 차체와 한 몸처럼 동기화된다. 어쩐지 세상에서 제일 빠르고 강한 존재가 된 것만 같다. 마음이 부푼다. 좋아하는 음악을 듣고 노래를 부른다. 혼잣말을 중얼거리거나 생각에 잠기기도 한다. 뭐든 내 맘대로다. 일부러 찾아간

식당이 별로라도 괜찮다. 홀홀 털고 다시 길을 찾아나서기만 하면 되니까. 언제든 출발할 수 있고 어디든지 갈 수 있다.

새벽 세시 삼십분의 고요한 해변, 아침 여섯시의 해 뜨는 숲길, 오전 열시의 한가로운 시골 온천, 오후 네시의 저수지 물멍, 저녁 일곱시의 반가운 만남, 밤 열한시 차 안의 심야 라디오. 운전은 한층 다채롭고 넓은 세상을 보여줬다. 물론 아직도 궁금한 세계가 너무나 많다. 새롭고 아름답고 경이로운 것들을 만나러 자유에 바퀴를 달고, 오늘도 나는 달린다.

뭐라도 쓰면 힘이 된다

어릴 적 나는 밤을 지새워가며 책장을 넘기던 아이였다. 책을 아귀아귀 먹어치우던 어린 날. 용돈을 받으면 곧장 그길로 서점에 가서 평소 눈여겨보았던 책을 사는 게 유일한 낙이었다. 그렇게 하나둘 채워가던 나만의 컬렉션 중 가장 좋아했던 책을 꼽으라면, 단연 『안네의 일기』(1947)다.

독일 출신 유대인 소녀가 적어내려간 내밀하고도 사실적인 고백이 담긴 일기는, 한창 비밀 일기며 교환 일기를 쓰면서 나만의 세계를 만들어가던 열 살 무렵의 나에게 묘한 동경의 대상이 되었던 것 같다. 일기가 공개된다니. 그것도 사후에 내 동의 없이 출판된다니! 관짝을 열고 벌떡 일어날 만큼 수치스러운 일인데, 그땐 그런 건 전혀 생각하지도 못했다. 어이없게도 안네가 겪은 참혹하고도 비극적인 전쟁 상황이 낭만적이고 스릴 있게 느껴졌고, 그래서 책장이 은신처로 통하는 문이 된다든지 하는 부분에서 무척 흥분했던 기억이 남아 있다.

생각해보면 그 책은 내게 '기록'의 새로운 세계를 보여주었다. 선생님이 쓰라고 해서 억지로 쓰는 일기 말고, 자발적으로 쓰는 나만의 이야기는 오래도록 읽히는 무언가가 될 수도 있다는 것. 그때 처음으로 일기를 새롭게 바라보게 되었다. 그뒤에 글을 꾸준히 썼다면 좋았을 텐데, 애석하게도 변덕이 죽 끓듯 하는 나이라 그러지는 못했다.

이후 20대 중반에 이르러서야 쓰기의 세계에 진입했다. 계기는 단순했다. 내가 야금야금 소모되고 있었고 계속되는 취업 준비에 지쳐갔다. 고갈되는 에너지도 문제였지만 무슨 일을 해도 어느 누굴 만나도 채울 수 없는 헛헛함이 무서웠다. 나만의 언어가, 공간이 필요했다.

그래서 가장 편하게 느껴지는 공간인 블로그에 일기를 쓰기 시작했다. 여백을 따라 머릿속을 가득 메운 생각을 덜어냈다. 내게 일기장은 마치 '해리 포터 시리즈'에 나오는, 생각을 덜어내는 도구인 펜시브 같았다. 그날 있었던 일이나 답도 없는 걱정이나 고민 혹은 공상까지 주제는 다양했고 제멋대로였다. 처음엔 막 휘갈겨 쓰는 것으로 만족했지만 이윽고 또 다른 문제에 봉착했다.

그 계기는 대학 시절의 한 수업이었다. 그 수업의 강사는 방송계에서 뼈가 굵은 PD였는데, 당시 PD라는 직업이 궁금했고 유명 인사였던 그를 동경했기에 주저 없이 수강신청을 했다. 강의에서 그는 방송계에서 글을 잘 쓰는 것만큼 중요한 자질은 없다며 '글쓰기'를 강조했다. 꽤 큰 상금을 건 백일장을 여러 번 개최했고, 얼마든지 첨삭도 해줄 테니 도전해보라고 학생들을 독려했다.

그러나 나는 자유 주제의 글도, 시제가 있는 글도, 하물며 재미있는 이야기도 쓰지 못했다. 그간 시험을 위한 글은 참 많이도 썼고 쓸 때마다 자신이 있었다. 언제나 손목이 뻐근해지도록 A4 크기의 종이 앞뒤를 빼곡하게 채웠다. 그런데 백일장에 응모하려고 하면 머리가 텅 비어 아무것도 쓸 수 없었다. 결국 열패감과 C+ 성적표를 손에 쥔 채 종강을 맞이했다.

백일장은 이미 물 건너갔지만 나아지고 싶었다. 이 우울한 감정을 글로 털어버리기 위해 컴퓨터를 켜니 문득 일기에 답이 있을 거라는 생각이 들었다. 곧바로 과거의 일기들을 하나하나 읽어봤다. 이상하게도 과거의 일기를 봐서는 일기를 쓸 당시 무슨 일이 있었던 건지 전혀 알 수 없었다. 그야 당연했다. 주제도 맥락도 없이 감정만 내뱉은 글이었기 때문이다. 한때 유행했던 싸이월드 감성을 따른 거라고 핑계라도 대고 싶지만, 솔직히 말하면 내 글쓰기 실력은 일기조차도 제대로 쓰지 못하는 수준이었다.

그렇게 크게 깨달은 후, 일기 쓰기에 집중했고 나름의 기준을 정했다. 그 기준은 완성된 문장과 구성을 갖추고, 솔직하게 쓰고, 매일은 아니더라도 자주 쓰는 것이다. 뜻이 맞는 단어를 고민하고 정확한 위치에 구두점을 찍어, 문장들을 이었을 때 '이야기가 되는 글'을 쓰려고 했다. 그리고 직접 생각하고 느낀 점들을 가감 없이 썼다. 처음에는 일기 한 편을 적는 데 몇 시간이 걸릴 정도로 힘겨웠으나, 점차 익숙해지자 시간이 짧아졌다. 적어도 느끼고 생각한 바를 망설임 없이 쓸 수 있게 되었으니 결국엔 이 방법으로 효과를 본 셈이다. 일기 쓰기는 지금도 현재진행형이다.

10년간 지속적으로 일기를 쓰면서 가시적인 변화도 있었다. 말과 글을 다루는 일을 하고 싶다는 목표가 일기를 쓴 지 약 3년 만에 이루어졌다. 그게 정말 일기 때문에 달성된 건지

하루하루 기쁘고 슬프고 행복했던
'오늘의 나'를 놓치지 않고 남겨둔다는 것만으로도
훗날 소중한 기록이 되어 있을 테다.

인과관계를 정확히 따질 수는 없으나, 나는 그렇게 믿고 있다. 단어와 생각을 신중히 고르던 내 쓰기 습관이 글쓰기를 더욱 매끄럽게 해주었고, 그 때문에 업무적으로도 더 나아졌다고 말이다.

한 걸음 더 나아가 책을 쓰게 된 것 또한 쓰기 습관 때문이라 생각한다. 짧은 글이나마 완결된 형태로 끝맺는 과정은 책 한 권을 완성하기 위한 훈련 과정이나 다름없었다. 글을 적다보면 막연했던 논리적 허술함이나 오류를 자연히 발견하게 되기에, 생각하는 힘을 기르는 데도 도움이 됐다.

또한 그 누구보다 좋은 친구를 만날 수 있었다. 그건 바로 나 자신이다. 글쓰기는 끊임없이 나와 대화하는 과정이었다. 마음을 털어놓을 공간이 있다는 건 사는 게 힘들고 지칠 때 위로가 되어준다. 슬픔을 주체하지 못해 온통 '슬프다'라는 단어가 머릿속을 채울 때면 일기장 앞에 우두커니 서보곤 했다. 그리고 자판을 두드리며 손가락을 따라 생각의 타래를 펼쳤다. 넌 왜 슬프니, 이유가 뭐니. 그렇게 하나씩 내게 거는 질문에 따라 속을 털어놓다보면 엉망진창이던 머릿속이 정리되고, 마음은 편안해졌다.

스스로와 나눈 대화에는 나를 세우는 힘이 있다. 그리고 그 힘으로 많은 고비를 넘겨왔다. 그건 글쓰기의 또다른 힘인 '치유'에 관한 것이기도 하다. 아마 일기를 적다보면 그 의미를 십분 이해하게 될 것이다. 중요한 것은 무리하지 않는 선에서, 지치지 않고, 매일 뭐라도 쓰는 것이다. 나의 '뭐라도'는 한 문장까지도 허용한다. 기준을 하향 조정하면 다시 제자리로 돌아와 계속하는 일이 어렵지 않다.

글을 쓰기로 마음먹었다면 지금부터 당장 뭐라도 써보자. 좋아하는 것과 싫어하는 것, 과거와 오늘과 내일, 생각과 감정, 그 무엇이 되어도 좋다. 일기장의 여백은 언제나 여러분을 기다리고 있으니까. 그리고 긴 시간 채워나가다보면 알게 될 것이다. 뭐라도 쓰면 힘이 된다는 것을.

넷, 세상과 연결되기

좋은 어른이 되고 싶어

내 책상 앞엔 이런 글귀가 적힌 엽서 한 장이 놓여 있었다. '내가 30대가 되었다, ×발.' 좋아하는 작가 이랑의 일러스트 엽서다. 귀여운 그림체에 직설적인 문장이 좋아서 어느 북페어에서 샀었다. 아이러니하게도, 그땐 서른이 채 되기 전인 스물아홉이었지만.

　그때는 30대가 되는 게 대수롭지 않은 일이라 생각했다. 1년이 지나 서른이 되어서도 김광석의 「서른 즈음에」 같은 쓸쓸하고 애절한 감상은 없었다. 내 주변도 비슷하긴 마찬가지였다. 청년과 장년을 구분 짓는 기준이 전 세계적으로 상향 조정되어서일까? 유엔UN에 따르면 청년은 65세까지라고 하니, 서른이야 아직 한창 팔팔하고도 남을 나이 아닌가. 그래서 30대를 맞는 나의 마음은 아주 여유롭기 그지없었다. '어쩌다보니 서른까지 나이를 먹었네' 정도의 소감이었다.

그러나 최근 몇 년 사이 어른이 된다는 일을 진지하게 받아들이게 되었다. 여러 가지 사건들을 안팎으로 겪으며 '어떻게 살아야 할지'를 고민하기에 이르렀다. 그 과정에서 서른넷이 결코 적은 나이가 아니란 걸 깨달았고, 곧 다가올 노화를 비로소 인식하기 시작했다. 제법 깊어진 눈꼬리 주름과 각종 장기의 기능 저하는 물론이고, 어디서 살며 어떤 일을 하고 누구를 곁에 둘지를 결정하는 일들이 줄지어 서서 나를 기다리고 있었다.

아, 이제 정말 빼도 박도 못 하게 어른이구나 하고 마음속 깊이 '어른 됨'을 체감한 순간, 나도 모르게 엽서 속 5 대 5 가르마를 한 캐릭터처럼 중얼거렸다. "진짜 30대가 되었네, ×발."

처음 어른이 되었다고 느낀 때는 온전히 경제적으로 독립했을 때였다. 법적 성년 나이보다는 훨씬 뒤였다. 20대 초반은 술도 담배도 할 수 있고, 운전도 결혼도 할 수 있는 나이였지만 결정권이 많이 없다고 느꼈다. 실제로 그랬다. 부모님께 경제적으로 의지했기에 허가 절차가 늘 있었고, 스스로에 대한 확신도 많이 없었다.

그러나 내 능력껏 적은 돈이나마 벌어 생활을 꾸리니, 진정한 사회의 일원이 된 것 같았다. 특히 급여명세서를 보면 그랬다. 꼬박꼬박 떼이는 4대 보험과 건강보험료는 제도 안에 내가 속해 있다는 묘한 소속감을 주었다.

그뒤로도 어른이 된 것처럼 느껴지게 하는 일들이 있었다. 면허를 따고 차를 모는 일, 임대차계약을 하고 월세에서 전세, 전세에서 매매로 넘어간 일, 대출을 받고 갚는 일, 자동차세와 지방세와 재산세를 내고 연말정산에 종합소득세를 신고하는 일. 물론 경제적인 것뿐만 아니라 정서적인 부분도 있었다. 인연을 만나고 떠나보내는 일, 누구에게도 말하지 않고 오로지 내 의지로 어디론가 훌쩍 떠나는 일, 역할과 말과 행동에 책임을 지는 일 같은 것들 말이다.

각자에게 어른이 된다는 경험은 다양하겠지만, 나를 어른으로 느끼게 해준 일련의 행위들을 비추어 보면 '권리의 획득'과 '성실한 의무 이행'이 핵심이었다. 운신의 폭과 자유도가 높아져 할 수 있는 일이 많아지는 동시에, 법과 제도의 테두리 안에서 해야 할 일들도 늘어나는 묘한 균형과 긴장. 그 속에서 독립을 이룬 게 어른의 상태라고 생각했다.

그러나 최근 어른다움의 정의에 대해 다시 의문을 품게 되었다. 독립적으로 자기를 책임질 수 있기만 하면 과연 모두가 어른다움을 갖춘 것일까? 트랙을 착실히 따라가다보면 대부분이 얻게 되는 권리와 의무의 행사만으로 과연 사회적 인간으로서 어른이 될 수 있을까?

막상 자리를 잡고 나서 보니, 그렇게 자리잡은 사람들이 모두 어른 노릇을 하고 있는 걸까, 하는 생각이 문득 들었다. 세상을 살다보니 어른은 많은데 좋은 어른은 드물고 나쁜 소식은 넘쳐났다. 어릴 적 부모님이 뉴스를 보며 '세상이 말세다'라고 한탄하는 모습에 자기 일도 아닌데 왜 저렇게까지 걱정하고 분노하는지 이해하지 못했는데, 내가 딱 그 모양이 되고 말았다.

특히 아이를 기르는 친구 L과 대화를 할 때마다, 이제는 어른의 궤도에 진입했음을 느낀다. 친구는 아이가 둘이고 나는 하나도 없지만, 우리의 고민은 의외로 같은 결을 지닐 때가 많다. 가령, 노키즈존 이슈만 해도 그렇다. 오랜만에 주말을 맞아 외출했는데 아이가 있다는 이유로 가게에 들어가지 못했다며 경험담을 토로하는 친구의 이야기를 들으면 진지하게 고민하게 된다. 정말로 아이들이 그렇게까지 문제를 일으키는가 하고. 물론 어린이들은 소리를 크게 내고, 울고, 칭얼거리고, 뛰고, 엎고, 넘어지고, 다치기도 한다. 친구는 아이 특유의 소란스러움과 미숙함에 대해 너무나 잘 안다고, 그걸 애초에 마주하고 싶지 않은 사람들의 마음도 이해할 수 있다고 했다. 그러나 막상 어린이들이 벌이는 일들이 얼마나 치명적인 피해를 주기에 입장조차 거부당해야 하는지 받아들이기 어렵다고 했다. 나도 맞장구를 치며 친구에게 말했다.

"아니, 애들만 소란을 피우는 것도 아니고, 매너 없는 어른들은 어른이라는 이유로 입장부터 막아서진 않잖아. 그래서 왜 '노아재존'은 없냐고 말하는 사람도 있더라?"

"그러니까. 애가 주변을 힘들게 할 때도 있는 건 사실이거든? 근데 키워보니까 애들은 원래 그런 존재야. 크면서 배우는 거지."

"맞아. 지금 어른입네 해도 모두가 어린이였잖아. 자기는 엄마 배 속에서 두 발로 걸어나오기라도 한 것처럼 왜 그러는 걸까."

한참을 대화하다가, 친구는 중요한 게 떠올랐다는 듯이 말했다.

"그리고 보니까 요즘 뭐가 다른지 알 것 같아. 우리 어릴 때는 엄마한테 '자꾸 그러면 저 아저씨가 이놈 한다'는 말도 많이 들었잖아. 그것도 어른들이 어린이를 받아주는 분위기라 가능했던 거였더라. 이젠 애들이 소란 피워도 그런 식으로 나서는 어른은 잘 없어. 아이를 혼자 키우는 기분이 들 때가 참 많아."

친구의 말에 생각이 많아졌다. 나는 과연 그런 어른이 될 수 있을까? 일상에서 마주치는 아이들을 보면 그런 생각을 하게 된다. 과연 이 작은 사람들을 품고 키워내는 좋은 어른이 될 수 있을까? 내겐 아이가 없음에도 주변의 아이들을 보면서 미래가 어떻게 될지 걱정하는 어른이 된 것이다.

문득 일본 벳푸의 온천 하나가 떠오른다. 온천의 이름은 고토부키 온천. 가운데에 조그마한 탕 하나, 샤워기도 없이 바가지로 씻어야 하는 100엔짜리 공동 온천이다. 부인병에 효능이 있는 수질 덕에 여기서 목욕하면 아이를 가질 수 있다는 설이 있어 예로부터 부녀자들에게 인기가 있는 곳이다.

이곳에서 나는 아주 인상적인 장면을 목격했다. 아장아장 걷기 시작한 세 살배기 아이가 탕 안에 들어서자, 모든 어른이 일제히 아이와 엄마를 환대하는 모습을! 아이가 욕조에 몸을 담글 수 있도록 찬물을 섞어 온도를 맞춰주고, 수돗물이 나오는 단 하나뿐인 자리를 흔쾌히 내어주었다. 나는 얼떨결에 환대의 물결에 섞인 채, 자연스럽게 양보하는 어른 무리 중 일원이 되었다. 아이를 먼저 배려하는 따뜻한 마음이 모이는 온천이라면, 물의 효능과는 별개로 아이들이 늘어나는 것도 당연한 게 아닐까?

세상의 모든 안전법은 유가족들이 만든 거라는 말처럼, 어떤 사람들은 자신의 경험을 통해 세상을 더 나은 방향으로 이끈다. 그걸 일련의 사건과 대화 속에서 깨달으며 정말 진지하게 고민하게 되었다. 나는 지금보다 더 나은 세상을 만드는 데 조금이라도 보탬이 되는 사람이 될 수 있을까 하고.

물론 그럴 의무는 없다. 남에게 피해 끼치지 않는 한 모든 건 자유다. 그러나 어른이라면, 사회 구성원으로서 어느 정도의 책임감을 가질 필요가 있다고 생각한다. 그리고 그건 일상적인 배려의 형태로도 얼마든지 실천할 수 있다고 믿는다. 평소 마주치는 사람들에게 선의와 친절과 다정함을 베풀고, 아픔을 겪는 사람에게 공감해주고, 힘을 보태야 할 때 함께 목소리를 내주는 일이라면 어떨까. 그런 거라면 누구든 조금씩 할 수 있지 않을까. 혼자서 세상을 구할 수는 없겠지만 그 정도라면 본분을 다하면서도 어른의 자격을 갖출 수 있지 않을까.

그래서 최근 하나씩 실천으로 옮기기 시작했다. 공공장소에서 만난 어린이들이 미숙한 모습을 보여도 섣불리 눈치 주지 않고 최대한 호의적인 태도를 유지하려고 노력한다. 어딘가 불편해 보이는 사람을 만나면 양보하거나 도움이 필요한지 물어본다. 소비자로서 도의적인 최저선을 지키지 않는 기업들의 물건은 사지 않는다. 약자를 돕는 단체에 소액이나마 기부를 한다. 아직은 리스트가 그리 길지 않지만, 하나씩 시도하며 그 목록을 늘려갈 생각이다.

한때는 귀여운 할머니가 되고 싶다고 생각했다. 지극히 낭만적인 희망 사항이다. 노력과 운과 유전자와 환경까지 모두 조화롭게 맞아떨어져 이상적으로 늙는 건 극소수에게만 주어진 특권일지도 모르니까. 그래서 이제 더는 귀여운 할머니가 되는 꿈을 꾸지는 않는다. 대신, 사는 게 부끄럽지 않은 할머니가 되고 싶다. 잘 살았노라고, 그러나 나 혼자만 잘 살려고 하지는 않았노라고 당당하게 말할 수 있다면 좋겠다. 무척 어려운 숙제라는 걸 잘 알지만, 차근차근 노력해보고 싶다. '좋은 어른이 되고 싶다'라는 서른넷의 꿈이 언젠가 이루어지길 바라며.

기쁘게 부끄럽기를

글을 쓸 때면 하는 걱정 하나가 있다. 아주 사소하지만 어떤 돌덩이보다 무겁게 가슴 속을 짓누르는 것. 그건 바로, '나중에 부끄러워지면 어떡하지?'다.

그동안 코로나가 생겨났고 세 살을 더 먹었고 10킬로그램이 더 쪘다. 회사에서는 부서 이동을 했고 홀로 독립을 했고 사고로 수술을 했다. 거칠게 요약하니 온갖 이벤트가 다 있었던 것 같지만, 실은 비슷한 매일을 살고 있다. 따분한 일과 그보다 시시한 일상을 견뎌야 했다. 누구나 그렇듯 말이다. 천재적인 재능에 기적 같은 영감을 더해 일필휘지로 쓴 다음 보란 듯이 당당하게 원고지를 흔들고 싶었으나, 그런 일은 일어나지 않았다. 조금씩 천천히 써야만 했다.

있는 그대로의 나를 보여주는 일은 생각보다 쉽지 않았다. 내밀한 일상과 생각을 고스란히 담아야 하는 글은 처음이었으니까. 그 사실만으로 굳어버려서, 마치 갯벌에 발이 잠겨버린 것처럼 아무것도 하지 못한 채 한참을 흘려보냈다. 두려웠다. 그래서 검열을 거듭 반복하기도 했다. 멋지지도 대단하지도 않은 사람이 이런 글을 쓰고 있다는 게 자격 미달 같아서 그만두어야 하는 게 아닌지 수차례 고민했다.

그러나 그때마다 믿고 기다려주는 이들을 떠올렸다. 두번째 책도 함께 하자고 제안해주시고 긴 시간 동안 기다리며 격려해주신 아트북스 편집부와 편집자님들. 그리고 언제나처럼 아낌없는 응원과 지지를 보내준 사랑하는 가족과 친구들까지. 채 여물지 못한 말과 생각이 열매를 맺을 수 있도록 지켜보고 도와주신 이들에게 진심으로 감사드린다.

지금은 참 다행이라는 생각이 든다. 포기와 좌절 속에서도 용기를 잃지 않아서, 끝까지 결과물을 내보일 수 있어서 말이다. 나에게 책은 '새로운 만남'을 뜻하기 때문이다. 혼자서 읽고 쓰던 시절에도 그랬지만, 저자가 되고 나서는 더욱 그 의미를 실감한다. 전작 『온천 명인이 되었습니다』로 그토록 바라던 '덕질 친구'를 갖게 되었고, 온천 여행 입문자들에게 색다른 여행법을 알릴 수 있어 행복했다.

그래서 이번에는 어떤 분께 이야기가 전해질지 무척 궁금하고도 설렌다. 지방에서 보통의 회사원으로 살아가는 30대 중반 여성으로서 할 수 있고 하고 싶은 말을 담았다. 그렇기에 이번엔 이런 친구들을 만나게 되지 않을까 상상해본다. '나도 그래' '맞아 맞아' 같은 추임새를 넣어가며 수다를 떨 수 있는 사람들, 그러니까 세상과 나 사이에서 끊임없이 균형을 잡으며 살아가는 또래의 여성들 말이다.

그렇게 많은 이들과 연결될 수 있다면 기꺼이 기쁘게 부끄러울 수 있을 것 같다. 모자라고 부족한 스스로를 껴안고 당차게 살아내는 오늘의 서로에게 공명할 수 있다면 말이다. 그리고 훗날 책장을 펴 보다 살짝만 부끄럽다면 좋겠다. 그건 곧 성장의 증거고, 조금은 나아졌다는 결론이 될 테니까. 그러니 마지막 문장을 마치며 묵은 걱정을 끝내 덜어낸다. 부끄러워도 괜찮다. 우리 모두 어차피 그렇게 살아가고 있으니까. 오늘의 나를 사랑하고 미워도 하면서 씩씩하게 버티는 것만으로도 충분하니까.

기쁘게 부끄럽기를

좋은 어른이 되고 싶어

차곡차곡 쌓아가는 매일의 나

ⓒ 안소정, 2022

초판 인쇄	2022년 11월 11일
초판 발행	2022년 11월 23일
지은이	안소정
펴낸이	정민영
책임편집	전민지
편집	임윤정
디자인	이효진
마케팅	정민호 이숙재 김도윤 한민아 정진아 이민경 정유선 김수인
제작처	천광인쇄사
펴낸곳	(주)아트북스
브랜드	앨리스
출판등록	2001년 5월 18일 제406-2003-057호
주소	10881 경기도 파주시 회동길 210
전화번호	031-955-7977(편집부) 031-955-2696(마케팅)
트위터	@artbooks21
인스타그램	@artbooks.pub
전자우편	artbooks21@naver.com
팩스	031-955-8855
ISBN	978-89-6196-425-8 03810